Die Taunus-Ermittler 3 – Endstation Linie 3

Gabriele und Jürgen Jost

Die Taunus-Ermittler 3 – Endstation Linie 3

Kriminalroman

Von Gabriele und Jürgen Jost bereits erschienen:

Kriminalromanreihe Die Taunus-Ermittler:

Band 1 Steinige Wege
Band 2 Spuren

Andere Romane:

Meeresrauschen für Lara

Weitere Infos unter:
www.Gabriele-und-Jürgen-Jost.de

Bibliografische Information der Deutschen Nationalbibliothek:
Die Deutsche Nationalbibliothek verzeichnet diese Publikation in der
Deutschen Nationalbibliografie;
detaillierte bibliografische Daten sind im Internet über
http://dnb.d-nb.de abrufbar.

© 2012 Gabriele und Jürgen Jost
Satz, Umschlaggestaltung, Herstellung und Verlag:
Books on Demand GmbH, Norderstedt
ISBN: 978-3-8448-2340-0

1.

Peter Stettner bestieg am Abend des sechsten Februar das Flugzeug, das ihn von Australien in die Heimat zurückbringen sollte, in bedrückter Stimmung. Er war entgegen seiner ursprünglichen Absicht nicht nur eine Woche, sondern vierzehn Tage in Down Under geblieben. Aber das war kein Wunder nach alledem, was er erfahren hatte. Er hatte Michaela wiedergefunden und gleichzeitig begriffen, dass er sie endgültig verloren hatte. Nun war ihm klar, warum sie damals in einer Nacht-und-Nebel-Aktion gegangen war, und er konnte ihre Gründe nachvollziehen. Dennoch verstand er nicht, dass sie ihm gegenüber geschwiegen hatte; vielleicht wäre er ja mit ihr gekommen.

Müde nahm er seinen Platz in der Maschine ein und ließ das Buch, das er schon auf dem Hinflug nicht gelesen hatte, erneut in seiner Tasche stecken. Er schnallte sich an, lehnte sich zurück und wollte nur kurz die Augen schließen, fiel dann aber in einen tiefen Erschöpfungsschlaf. Die Stewardess musste ihn zum Zwischenstopp in Singapur wachrütteln.

So sehr Peter das Fliegen sonst genoss, so sehr freute er sich dieses Mal darauf, die Maschine endlich in Frankfurt verlassen zu können. Er wünschte sich nichts sehnlicher, als nach Hause zu Verena, Stefan und seinen Eltern zu kommen, um sich all den Frust, die Enttäuschung und die

Trauer von der Seele reden zu können. Hatte er zuerst noch gehofft, durch das Wissen, was geschehen war, leichter über den Verlust seiner großen Liebe hinwegzukommen, so war er inzwischen sicher, dass das tiefe schwarze Loch, in das seine Seele stürzen würde, bereits gegraben war.

Endlich war es so weit. Der Silbervogel setzte zur Landung in Frankfurt an, und die Vorfreude riss ihn für kurze Zeit aus seiner trüben Gedankenwelt.

Nachdem Peter sein Gepäck abgeholt hatte, kamen ihm Stefan und Verena bereits in der Ankunftshalle entgegen.

In ihren Augen konnte er schon die ersten Fragen lesen, und so antwortete er darauf, ohne dass sie etwas sagen mussten: »Entschuldigt bitte, aber ich konnte am Telefon nicht reden. Es fällt mir auch jetzt noch verdammt schwer, alles zu begreifen. Nur so viel: Joachim hatte recht, es war Michaela.[1] Lasst mir bitte noch Zeit, anzukommen und mich ein bisschen zu sammeln. Wenn wir zu Hause sind, erzähle ich alles.«

»Klar doch«, sagte Stefan nur, nahm Peter den Koffer ab und trug das Museumsstück zum Auto.

Peter war dankbar für das Verständnis der beiden, denn obwohl er den größten Teil des Fluges verschlafen hatte, fühlte er sich kein bisschen ausgeruht. Ganz im Gegenteil, er war so müde, dass er sich wortlos auf den Rücksitz von Stefans Auto fallen ließ und eingeschlafen war, bevor die drei die Parkgarage verlassen hatten.

»Oh je«, sagte Verena zu Stefan, »das kann ja heiter werden. Australien hat ihn geschafft. Hoffentlich geht der ganze Zirkus jetzt nicht von vorne los.«

---

1 Vgl. Die Taunus-Ermittler – Spuren (Band 2)

»Was meinst du?«

»Damals, als Michaela verschwand, war Onkel Peter auch nur noch müde. Es gab Tage, da hat er sich geweigert, das Bett zu verlassen.«

»Oh je. Was soll denn dann aus unserer Detektei werden?«

»Wahrscheinlich wirst du erst mal allein weitermachen müssen.«

Auf dem Heimweg nach Kelkheim hingen beide schweigend ihren Gedanken nach.

Ganz so schlimm wurde es dann doch nicht. Peter Stettner blieb am nächsten Morgen keineswegs im Bett liegen. Allerdings weigerte er sich, von seinen Erlebnissen zu erzählen; auch in den folgenden Tagen war nichts aus ihm herauszubekommen. Er klinkte sich nicht völlig aus der Detektivarbeit aus, doch die Zusammenarbeit mit ihm wurde zunehmend schwieriger. Ihm fehlte jegliche Freude am Leben, und von dem Elan, mit dem er an den Fall Werker herangegangen war, war nichts mehr zu spüren. Zudem wurde er mit jedem Tag schweigsamer und zog sich immer öfter in seine Privaträume zurück.

Die Neugier seiner Nichte und ihres Verlobten wurde auf eine harte Probe gestellt. Verena und Stefan wagten schon fast nicht mehr zu fragen, was ihm in Australien widerfahren war, denn mehr als ein genervtes »Ja, zwischen Michaela und mir ist es endgültig aus!« oder »Sie hat jetzt eine neue Familie« war ihm nicht zu entlocken.

Das ging so bis zu jenem Freitagnachmittag im Mai. Als Peter, der von einer Observation zurückkam, sich wie immer in sein Schlafzimmer zurückziehen wollte, platzte Verena der Kragen.

»Onkel Peter, jetzt reicht's!«, sagte sie scharf, »mit dir kann man nicht mehr vernünftig reden, geschweige denn etwas unternehmen. Du machst gerade mal so deine Arbeit, aber sonst …«

»Na immerhin, oder?«, fiel er ihr bissig ins Wort. »Was ist mit dir, Stefan? Hast du etwas an mir auszusetzen?«

Stefan, der zwischen den Stühlen saß und nicht wusste, wie er sich verhalten sollte, sagte vorsichtig: »Was die Arbeit angeht, nicht im geringsten. Wenn ich nicht weiterweiß, dann bist du zur Stelle. Auch solange *ich* das Kampf-Training bei Dao gemacht habe, hast du mich prima vertreten. Das war mehr, als wir nach deiner Rückkehr erwarten durften. Aber …«

»Siehst du, Verena«, unterbrach er ihn, »Stefan ist mit mir zufrieden.«

»Moment mal, ich war noch nicht ganz fertig«, sagte Stefan um einiges schärfer, als er es wollte. »Okay, was die Arbeit angeht, damit kann man zur Not leben. Zumindest im Moment. Aber privat? Ich dachte, wir wären Freunde!«

»Das sind wir auch. Gerade deshalb müsst ihr meinen Schmerz doch verstehen.«

»Sehr gut sogar. Nicht wahr, Verena?«

»Ja, aber nicht, warum du dich so abkapselst.«

»Ganz genau«, bestätigte Stefan, »gehört es nicht auch zu einer Freundschaft, das Leid zu teilen? Erzähle uns, was du in Australien erlebt hast, und es geht dir bestimmt sofort besser. Wir versprechen dir zuzuhören und dich nicht mit dummen Fragen zu löchern. Ich wünsche mir von dir, dass wir morgen Abend zusammen ausgehen und du uns die ganze Geschichte erzählst. Geht das?«

»Nein, Stefan, ich will nicht. Lasst mich doch einfach in Ruhe!«

»Peter, ich denke dabei auch an unsere Detektei. Du hast selbst gesagt, dass wir uns blind vertrauen müssen, wenn es einmal gefährlich wird. Die Scheidungsfälle, die wir in den letzten Monaten hatten, haben uns zwar gutes Geld gebracht, aber ich bin heilfroh, dass uns Dr. Pfannmöller nicht für eine wirklich brisante Sache gebraucht hat. Wie soll ich dir zu hundert Prozent vertrauen, wenn ich befürchten muss, dass wieder so ein Ding passiert wie damals, als ich ohne deine Rückendeckung undercover zu dieser Nazi-Veranstaltung gehen musste.[2] Das kann nicht die Basis unserer gemeinsamen beruflichen Zukunft sein. Da würde ich ja lieber als Hilfsarbeiter auf den Bau gehen. Das ist zwar nicht halb so spannend, dafür aber auch nicht halb so gefährlich.«

»Was soll denn das heißen? Willst du die Detektei aufgeben?«, fuhr ihn Peter unwirsch an.

»Jedenfalls kann ich so nicht länger arbeiten, und ich will es auch nicht mehr …«, sagte Stefan bestimmt, nahm Verena am Arm und zog seine Verlobte die Treppe hinauf.

Als sie in Stefans Wohnzimmer angekommen waren, fragte Verena: »War es wirklich notwendig, so mit Onkel Peter umzuspringen?«

»Mir fiel das eben alles andere als leicht. Aber ich sehe so die letzte Chance, Peter in die Realität zurückzuholen, bevor er völlig den Boden unter den Füßen verliert.«

»Meinst du nicht, du hast übertrieben?«, fragte Verena und lauschte ängstlich den Geräuschen, die von unten heraufdrangen. Es klang, als hole Peter eine Kiste Bier aus dem Keller. Was das bedeutete, hatte Verena schon zu oft erlebt.

---

2   Vgl. Die Taunus-Ermittler – Spuren (Band 2)

Aber es kam ganz anders. Am Samstagmorgen, Stefan und Verena hatten lange geschlafen, wurden sie von Kaffeeduft und Geschirrgeklapper geweckt. Schlaftrunken gingen sie nach unten.

Als sie in die Küche kamen, trauten sie ihren Augen kaum. Peter stand fröhlich pfeifend am Herd und briet Rühreier mit Speck.

»Für wen ist denn das alles?«, fragte Stefan.

»Na, für uns«, gab Peter aufgeräumt zurück. »Ich hab einfach in der Küche gedeckt. Es macht euch doch nichts aus?«

»Ganz im Gegenteil«, sagte Verena, »ich bin froh, dass du überhaupt was gemacht hast, nach …«

»Nachdem ich gestern Nachmittag den Bierkasten hochgeschleppt habe? Ich auch. Denn nach der dritten Flasche fing ich an, darüber nachzudenken, was Stefan mir an den Kopf geworfen hat. Ich muss zugeben, du hattest recht.«

»Vielleicht war ich etwas grob.«

»Es war genau richtig. Hätte ich mich nicht so sehr über deine Worte geärgert, dann hätte ich mein Gehirn abgeschaltet und mich einfach volllaufen lassen. Es stimmt schon, ich muss meinen Schmerz verarbeiten, auch wenn mir das vielleicht nicht auf Anhieb gelingt. Denn wenn ich es nicht versuche, bin ich sehr schnell an dem Punkt angekommen, wo ich nie wieder hinwollte.«

»Dass es Rückschläge geben kann und wird, ist vollkommen klar. Das Wichtigste ist, dass du dich nicht wieder fallen lässt. Dass du dagegen ankämpfst.«

»Das kannst du haben«, sagte Peter betont beiläufig, während er die Rühreier auf ihren Tellern verteilte. »Was haltet ihr davon, wenn wir heute Abend griechisch essen gehen? Dabei erzähle ich euch, wie es mir in Australien ergangen ist.«

»Super«, sagte Verena nur, und Stefan nickte anerkennend.

Danach frühstückten sie ausgiebig, und als sie aufstanden, war es bereits zwölf Uhr.

»So, wir fahren noch mal ins Main-Taunus-Einkaufszentrum«, sagte Stefan, »wir werden aber bis sechzehn Uhr zurück sein. Bestell am besten einen Tisch vor.«

»Ist schon geschehen.«

Nachdem Stefan und Verena aufgebrochen waren, dachte Peter, dass ihm gar nicht so sehr, wie er es den beiden vorgespielt hatte, nach Scherzen und Frohsinn zumute war. Aber Stefan hatte recht. Wenn er sich weiterhin so gehen ließe wie in den letzten Wochen, würde hier bald alles den Bach runtergehen. Die Detektei, die Freundschaft mit Stefan, das gute Verhältnis zu seiner Nichte und nicht zuletzt er selbst. Also – Zähne zusammenbeißen und heute Abend alles rauslassen, dachte Peter. Vielleicht geht's mir dann ja wirklich besser.

Es war noch nicht halb sechs, da saßen die drei in der Gaststube ihres griechischen Lieblingslokals im Kelkheimer Stadtteil Münster und hatten drei Gläser Demestica auf dem Tisch stehen. Gleich nachdem sie die Vorspeise bestellt hatten, sagte Peter: »Ich weiß gar nicht, wo ich anfangen soll zu erzählen.«

»Am besten am Anfang«, sagte Stefan grinsend und klopfte seinem Freund aufmunternd auf die Schulter.

»Also gut – wie ihr wisst, hat mein Bruder Michaela in einem Supermarkt wiedererkannt und ist ihren Ford bis in ein Villengebiet gefolgt, bevor er ihre Spur verlor. Also habe ich Olli Krause drauf angesetzt, sich ins australische Zulassungssystem einzuhacken.«

Oliver Krause war ein Computerspezialist, der seit ihrem letzten Fall gelegentlich für die Detektei arbeitete.

»Leider sind die dort so gut abgesichert, dass er zwar die Adressen der sechzehn dort zugelassenen Ford Kombi herausbekommen hat, aber bei den Namen der Besitzer musste er passen. So blieb uns nichts anderes übrig, als die betreffenden Häuser zu beobachten. Leider brachte uns das nicht so recht weiter, deshalb begannen wir, bei den Häusern zu klingeln und nach Michaela zu fragen.«

»Haben die Leute denn so bereitwillig Auskunft gegeben?«

»Einige ja, die meisten allerdings nicht. Da Joachim bedeutend besser Englisch spricht als ich, übernahm er das Reden und wurde oft gefragt, ob wir von der Polizei seien. Als wir verneinten, war die Tür schneller wieder zu, als uns lieb war. Einer hat sogar seine Hunde auf uns gehetzt. Darum blieb uns auch nichts weiter übrig, als uns bei den verbleibenden neun Adressen auf die Lauer zu legen. Für die ersten vier brauchten wir glatte fünf Tage, und bei der nächsten allein zwei, um zu erfahren, dass die Besitzer Rentner waren und seit Monaten in Europa unterwegs. Das war der Moment, als mich der Mut verließ und ich aufgeben wollte. Schließlich hatten wir bereits zwölf der sechzehn Adressen erfolglos abgeklappert.«

»Wieso aufgeben?«, fragte Verena ungläubig. »Michaela kann schließlich nur bei einer Adresse gemeldet sein. Warum nicht gerade bei der letzten?«

»Genau das hat Joachim auch gesagt und mich damit aufgezogen, dass ich in Deutschland bestimmt nicht so nachlässig ermitteln würde. Aber er sah ein, dass ich für diesen Tag genug hatte, und ich ruhte mich den Rest des Nachmittags an seinem Pool aus. Innerlich hatte ich fast resigniert, denn wir waren schon satte acht Tage am Ball, und es hatte sich nichts getan. Am Morgen des neunten Tages schleppte mich Joachim noch einmal in die Siedlung und klingelte bei der viertletzten Villa auf unserer Liste. Ein Mann Mitte vierzig öffnete uns, Joachim ließ wieder seinen Spruch vom Stapel und reichte ihm Michaelas Foto. Ich erwartete nicht, dass irgendetwas dabei herauskäme, aber plötzlich sagte der Typ: ›This is my wife‹.«

»Das hat er einfach so zugegeben?«

»Warum sollte er denn nicht? Sie hat ja nichts verbrochen. Aber ihr könnt euch sicher lebhaft vorstellen, wie schockiert ich war, denn so viel Englisch, dass ich sofort verstand, kann ich ja gerade noch. Ich stotterte mir ganz schön was zusammen, als ich sagte: ›No, it's my wife‹.«

»Ja, das kann ich mir lebhaft vorstellen«, sagte Stefan, dann waren er und Verena wieder still, denn sie brannten darauf zu erfahren, wie es weiterging.

Aber daraus wurde erst einmal nichts. Denn in diesem Moment servierte die Wirtin das Hauptgericht, und die drei machten sich über den Grillteller her. Erst als Peter das letzte Stück Gyros verspeist und sie alle ein frisches Glas Wein vor sich stehen hatten, tauchte er erneut in seine Erinnerungen ein.

»Dieser Mann sah mich einen Moment lang so verdutzt an wie ich ihn. Dann fragte er mich in gutem, aber mit starkem Akzent gefärbtem Deutsch, ob ich Peter Stettner bin. Ich bestätigte es und stellte meinen Bruder vor, da führte uns der Mann in sein Wohnzimmer und bereitete mir damit den nächsten Schock. Auf einer riesigen Couchgarnitur saß Michaela und spielte mit ihren Kindern.«

Peter hielt kurz inne.

»Verena, Stefan, seid mir nicht böse, wenn ich unser Aufeinandertreffen nur verkürzt wiedergebe, aber ich merke, wie mich das Ganze beginnt, erneut aufzuwühlen.«

»Wenn du es heute nicht mehr schaffst, weiterzuerzählen, sind wir dir gewiss nicht böse«, sagte Verena verständnisvoll.

»Doch, ich merke ja selbst, wie gut es mir tut, alles einmal loszuwerden. Ich darf mich nur nicht in der Erinnerung verlieren. – Wo war ich stehen geblieben? – Ach ja, der Mann, der uns hereingebeten hatte, war Harold Prokasky, ein erfolgreicher Geschäftsmann. Michaela lebt in Australien mit ihm zusammen. Eigentlich wollten sie schon letztes Jahr zu mir nach Deutschland kommen, um mit mir die Scheidung in beiderseitigem Einvernehmen durchzuführen, aber sie hat im letzten Moment einen Rückzieher gemacht. Damit waren wir beim Grund angekommen, warum sie damals überhaupt verschwunden ist, ohne ein Wort zu sagen. Aus der Distanz betrachtet fand sie ihre Begründung selbst etwas dünn: Ich hätte zu sehr an meinem Job gehangen und wäre bestimmt nicht mitgekommen. Ihr könnt euch gar nicht vorstellen, wie erstaunt sie war, als sie hörte, dass ich schon seit Jahren nicht mehr bei der Polizei bin und nun sogar als Privatdetektiv arbeite. Ich glaube, dass sie, ohne sich dessen selbst bewusst zu sein, alles hinter sich lassen wollte, was sie an ihr Martyrium erinnerte.«

»Aber warum nach so langer Zeit? Da steckt doch mehr dahinter, oder?«, fragte Stefan.

»Und ob. Ich hätte mir eigentlich denken können, um nicht zu sagen müssen, was der Auslöser war. Aber ich war damals schon nicht mehr bei der Kripo, und selbst als Leiter der ländlichsten Frankfurter Polizeistation bekommt man solche Meldungen nicht mehr automatisch auf den Schreibtisch. Ich muss mir wohl vorwerfen lassen, mich nicht genügend um die Ängste meiner Frau gekümmert zu haben. Ich bin also selbst daran schuld, dass Michaela gegangen ist, ohne ein Wort zu sagen.«

Stefan wollte gerade zur nächsten Frage ansetzen, als Verena bemerkte, wie Tränen in Peters Augen traten. Sie rückte dicht an ihren Onkel heran, legte ihre Hand tröstend auf seinen Arm und sagte: »Onkel Peter, wenn es nicht mehr geht, machen wir für heute Feierabend. Du musst nicht weitererzählen.«

Peter sah seine Nichte und Stefan dankbar an, trank sein Weinglas leer und sagte: »Nein, das bringe ich heute zu Ende. Nur wenn ich jetzt Tabula rasa mache, kann ich das Kapitel Michaela irgendwann abschließen. Aber lasst mir bitte fünf Minuten Zeit, um mich zu sammeln, die brauche ich jetzt.«

»Klar doch«, sagte Stefan, und die beiden ließen Peter, der gedankenverloren auf die Tischdecke starrte, so lange in Ruhe, bis er von sich aus wieder zu erzählen begann.

»Wie ihr sicher wisst, wurde Horst Barmstedt, der Mädchenhändler, der Michaela damals auf Mallorca entführen ließ, nach Deutschland ausgeliefert und zu fünfzehn Jahren Gefängnis verurteilt. Das hatte sich in meinem Hirn festgesetzt, und irgendwie bildete ich mir ein, er wäre weg vom Fenster und keine Gefahr mehr. Aber dann muss Michaela ein Zeitungsartikel in die Hände gefallen sein, in dem stand, dass Barmstadt einen Antrag auf vorzeitige Haftentlassung gestellt hatte. Michaela hat das, ohne mir ein Wort zu sagen, weiterverfolgt, und als dem Ersuchen seines Anwalts nach gerade einmal elf Jahren Haft gegen jede Logik stattgegeben wurde, da hielt sie es in Deutschland nicht mehr aus. Zumal dieser Verbrecher in einem Zeitungsinterview auch noch angedeutet hat, sich im Rhein-Main-

Gebiet niederlassen zu wollen. Ich war so sehr mit meinen eigenen kleinen Problemchen beschäftigt, dass ich gar nicht merkte, wie schlecht es Michaela ging. Irgendwann hielt sie den Druck nicht mehr aus, hob ihr ganzes Geld ab und flog nach Australien, weil sie so weit wie möglich von diesem Mistkerl weg sein wollte. Auch wenn sie mir das Herz gebrochen hat: Ich glaube, sie hat für sich das einzig Richtige getan. Dort ist sie zur Ruhe gekommen. Als ich sie wiederfand, war sie so ausgeglichen, wie ich sie nie erlebt habe. Sie hat mir schmunzelnd erklärt, sie wäre damals auch auf den Mond geflohen, wenn sie die Möglichkeit dazu gehabt hätte. Außerdem hat sie mich vollkommen richtig eingeschätzt. Ich weiß nicht, ob ich es geschafft hätte, Deutschland auf Dauer zu verlassen.«

»Aber wie kam sie denn nun an diesen Harold?«

»Das ist ganz einfach, Verena. Als sie in Australien ankam, reichte ihr Geld nicht lange, um sich über Wasser zu halten – sie musste sich einen Job suchen. Da Michaela nur ein drei Monate gültiges Touristenvisum hatte, war das nicht so einfach. So kam sie nach vielen vergeblichen Versuchen auch in die Firma von Mr. Prokasky. Der verliebte sich auf der Stelle in sie. Er sorgte dafür, dass sie eine Aufenthalts- und Arbeitserlaubnis bekam, und stellte sie fest ein. Es dauerte nicht lange, da begann sie, seine Gefühle zu erwidern, und ehe sie sich's versah, war sie Mutter. Ein Jahr darauf bekam sie bereits ihr zweites Kind und wurde Hausfrau und Mutter im Fulltime-Job. Nur heiraten konnte sie ihren Harold nicht, da sie sich nicht überwinden konnte, mit mir Kontakt aufzunehmen oder gar nach Deutschland zu reisen. Mit einer Ausnahme: als sie am Düsseldorfer Flughafen meinem Kollegen vor die Linse gelaufen ist. Michaela und Harold kamen von einem Kurztrip nach Paris, und Michaela wollte nach Frankfurt, während ihr Mann zu einem Geschäftstermin nach Rom musste. Als sie jedoch bemerkte, dass sie von einem Unbekannten fotografiert wurde, geriet sie in Panik. Sie hielt den Polizisten in Zivil für einen Gehilfen Barmstedts. Darum nahm sie keinen Kontakt zu mir auf, sondern bestieg die nächste Linienmaschine nach Sydney.«

»Das ist irgendwie bescheiden gelaufen.«

»Das kannst du laut sagen, Stefan.«

»Na ja, wenigstens weißt du jetzt, woran du bist, Onkel Peter.«

»Das stimmt zwar, aber wovon soll ich jetzt träumen?«

»Du wirst wieder eine Frau finden, und vielleicht wartet ja irgendwo noch mal die ganz große Liebe auf dich. Und wenn nicht, hast du ja immer noch uns.«

»Es ist zurzeit mein einziger Trost zu wissen, dass du mit Stefan glücklich bist, dass meine Eltern noch so fit sind und die Detektei recht gut läuft.«

»Das ist doch auch was, oder? – Aber seid ihr jetzt eigentlich geschieden?«

»Ja, Verena. In Australien geht das alles ein bisschen leichter als bei uns. Ich bin mit ihr zum Richter gegangen und schwups! war alles erledigt. Das Verrückteste an der Geschichte ist aber, dass ich geblieben bin, bis Harold und Michaela verheiratet waren. Ich wurde sogar ihr Trauzeuge.«

»Wie bitte?«, fragte Stefan ungläubig.

»Du hast richtig gehört. Nach der Trauung fand noch eine kleine Feier statt; danach sind sie mit den Kindern in die Flitterwochen gestartet. Ob ihr es glaubt oder nicht, ich bin zwar verdammt traurig, aber kein bisschen sauer. Ganz im Gegenteil. Ich mag Harold sogar recht gern. Michaela hätte keinen besseren Mann finden können, außer mir natürlich. Irgendwann im Laufe der Feier, er war genauso wenig nüchtern wie ich, versprach er mir, gut auf Michaela aufzupassen. Das fand ich rührend. Kurz darauf kam das Taxi, das die vier zum Flughafen brachte. Ich hab mich noch einen Tag bei Joachim ausgeruht und bin anschließend nach Hause geflogen. So – jetzt kennt ihr die ganze Geschichte.«

»Danke, dass du sie uns erzählt hast«, sagte Stefan, »du wirst sehen, jetzt ist es leichter, mit dem Verlust zu leben. Ach – es ist ja schon nach elf, wir sollten nach Hause gehen.«

»Ja«, stimmte Peter zu. Er zahlte, und die drei gingen durch die milde Frühjahrsnacht nach Hause.

2.

In den folgenden Wochen ging es Peter zumindest nach außen hin wieder viel besser, und wie es drinnen aussah, ging niemanden etwas an. Dennoch ahnten Stefan und Verena, wie es wirklich um ihn stand, denn meist, wenn sie ausgingen, war Peter nicht dazu zu bewegen, mitzukommen.

So vergingen die Tage ohne Zwischenfälle, und zwei zur Zufriedenheit ihrer Auftraggeber gelöste Fälle spülten ordentlich Geld in ihre Kassen. Doch dann kam Pfingsten, und der historische Dampfzug sollte wie immer zwischen Frankfurt-Höchst und Königstein pendeln. Stefan, wie Peter ein Fan sämtlicher Schienenfahrzeuge, wünschte sich sehr, mit ihm und Verena nach Königstein zu fahren und dort zu Mittag zu essen. Aber Peter sperrte sich dagegen und schlug stattdessen vor, dass sie allein führen und er derweil die Buchführung der Detektei in Ordnung bringe.

Verena bemerkte jedoch, dass das nur eine Ausrede war, und drängte ihren Onkel mitzukommen. Schließlich hatte sie es geschafft, und um elf Uhr dreißig saßen sie zu dritt in einem Waggon der historischen Eisenbahn und genossen die Fahrt.

In Königstein angekommen, beratschlagten sie gerade, in welches Lokal sie gehen wollten, da rief jemand: »Hallo, Peter, Peter Stettner!«

Die drei drehten sich um und sahen eine Mittvierzigerin,

die bei einem deutlich älteren, aber sehr rüstigen Herrn eingehängt war. Sie winkte Peter zu und kam mit ihrem Begleiter schnell näher. Peter war sich sicher, diese Frau zu kennen, wusste aber nicht, wo er ihr Gesicht einordnen sollte. Dann fiel es ihm wieder ein. Vor ihm stand Annika Kronburg, Michaelas Freundin, die er ungefähr zwanzig Jahre zuvor auf Mallorca kennengelernt hatte.

»Peter, kennst du mich denn nicht mehr?«, fragte sie, denn sie hatte sein Zögern bemerkt.

»Doch, doch, Frau Kronburg, natürlich.«

»Nanu, warum denn so förmlich? Waren wir damals auf Mallorca nicht schon beim Du? Und außerdem, Kronburg stimmt nicht mehr. Ich heiße jetzt Fahrwaldt. Darf ich dir meinen Mann Alfred vorstellen?«

»Guten Tag, Herr Fahrwaldt«, grüßte Peter, und Alfred Fahrwaldt antwortete: »Guten Tag! Sie sind also Peter Stettner. Annika hat mir schon viel von Ihnen erzählt. Sie müssen einen bleibenden Eindruck bei ihr hinterlassen habe, als Sie Ihre Frau aus den Klauen dieser Mädchenhändler befreit haben. Das war eine reife Leistung. Wo ist denn Ihre Frau?«

»Wir sind inzwischen geschieden«, erklärte Peter knapp, und Fahrwaldt entschuldigte sich augenblicklich.

»Ach, hast du deinem Mann nicht erzählt, dass Michaela schon vor Jahren auf und davon gegangen ist?«, wandte sich Peter an Annika.

»Nein, ehrlich gesagt nicht. Aber willst du uns nicht deine Begleiter vorstellen?«

»Oh, doch, entschuldigt bitte. Die junge Dame ist meine Nichte Verena und der Mann an ihrer Seite ist Stefan Weimershaus, ihr Verlobter. Wir waren gerade auf der Suche nach einem Lokal zum Mittagessen. Kommt ihr mit? Dann können wir noch etwas weiterplaudern.«

»Hier in Königstein ist alles so teuer. Und heute, am Feiertag, gibt es nicht einmal Stammessen«, warf Alfred Fahrwaldt ein. »Wir wollten da drüben gerade eine Bratwurst essen.« Er deutete auf eine Imbissbude an der Ecke.

»Na, warum nicht«, stimmte Peter spontan zu, doch Stefan, der einen Riesenhunger hatte, verdrehte die Augen. Und auch Verena meinte: »Ich hätte mich zum Essen schon ganz gern gesetzt.«

»Okay«, sagte Peter, der sich gern noch ein bisschen mit Annika unterhalten wollte, »hier ganz in der Nähe gibt es einen Imbiss, fast schon ein kleines Lokal, mit Sitzgelegenheiten. Früher war ich da öfter. Es schmeckt gut und ist nicht teuer. Wie wär's?«

Alle stimmten zu, nur Alfred fragte: »Nicht so teuer, sagten Sie?«

»Ja, höchstens fünf oder sechs Euro pro Portion.«

Nun willigte auch Alfred ein, und die fünf machten sich auf den kurzen Weg in Richtung Innenstadt. Wenige Minuten später betraten sie die einfache Gaststube, wo es um kurz vor zwölf noch fast leer war. Nur am hinteren der beiden langen Holztische, ganz am Ende des Raumes, saß ein ziemlich abgerissen aussehender Mann, der in eine Zeitung vertieft war und hochschreckte, als sie den Imbiss betraten.

Peter und seine Begleiter nahmen den ersten Tisch in Beschlag, und während Peter langsam zum Selbstbedienungsschalter hinüberging, studierten die anderen die Speisekarte, die darüber angebracht war. Stefan entschied sich wie Verena und Peter für das Zigeunerschnitzel mit Pommes frites und Annika für zwei Currywürste mit Bratkartoffeln. Nur Alfred konnte sich nicht entscheiden. Schließlich bestellte er eine Erbsensuppe mit Würstchen, die zwar nicht unbedingt seinen Vorstellungen entsprach, aber den unbestreitbaren Vorteil hatte, dass sie nur zwei Euro neunzig kostete. Dazu gab Peter eine Runde Apfelwein aus und brachte die bis zum Rand gefüllten Halblitergläser gleich mit. Alles andere würde ihnen der Wirt bringen.

Peter setzte sich, prostete der Runde zu und trank einen mächtigen Schluck. Dann fragte er: »Herr Fahrwaldt, was machen Sie eigentlich beruflich?«

»Ich bin in Rente, und das seit gut zwei Jahrzehnten. Früher hatte ich eine Firma, die habe ich verkauft, bin nach Mallorca gegangen und habe erst einmal zu leben begonnen«, erzählte Alfred.

»Ja, mein Alfred wird im Herbst schon neunundsiebzig; das sieht man ihm nicht an. Er ist topfit und kann ohne Weiteres neunzig Jahre alt werden, hat unser Hausarzt gesagt«, sagte Annika stolz, und man merkte ihr an, dass sie trotz des enormen Altersunterschiedes sehr an ihrem Mann hing.

»Das muss ich ja wohl auch«, meinte Alfred, »denn schließlich will ich ja erleben, wie mein Sohn erwachsen wird.«

»Ach, ihr habt ein Kind? Wie alt ist es denn?«

»Der Junge wird bald acht«, sagten beide fast im Chor.

Als der Wirt die Erbsensuppe vor Alfred abstellte, dachte Peter: Wahrscheinlich ist den beiden auf Mallorca das Geld ausgegangen, und sie sind deshalb nach Deutschland zurückgekehrt. Kurz entschlossen gab er noch eine Runde Apfelwein aus und fragte: »Was für eine Firma hatten Sie denn?«

»Oh, sagen Ihnen die Fahrwaldt-Werke nichts? In den Achtzigern war der Name ein Begriff für hochwertige Büroartikel. Ich hatte gut und gern dreihundert Mitarbeiter. Doch der, der die Firma kaufte, war allerdings nicht der Investor, der er vorgab zu sein. Er schlachtete die Firma aus und verkaufte die Filetstücke, so auch meine vielen Patente. Meine Mitarbeiter standen bald auf der Straße. Nun ja, wenigstens hat es sich für mich rentiert, wir können noch heute gut von den Zinsen leben«, plauderte Alfred, dem der Alkohol die Zunge gelöst hatte, munter drauflos. »Man muss natürlich darauf achten, dass man sein Geld zusammenhält. Nicht so wie Annika. Sie muss noch viel lernen, was das Sparen angeht.«

»Willst du damit andeuten, dass ich eine Verschwenderin bin?«, fragte Annika pikiert, und man merkte, dass das Thema »Geld ausgeben« bei den beiden öfter ein Grund für Reibereien war.

»Natürlich nicht, Schatz«, sagte Alfred, doch es wirkte nicht ganz aufrichtig.

»Man muss sich doch hin und wieder mal was gönnen«, ergriff Verena Partei für Annika, die ihr auf Anhieb sympathisch war.

»Natürlich muss man das«, gab Alfred zu, »aber um ein Beispiel aus unserem Leben anzuführen: Annika liegt mir schon seit einem Jahr in den Ohren, ein neues Auto zu kaufen. Aber unser Wagen ist doch erst vierzehn Jahre alt und vollkommen in Ordnung. Außerdem hat er noch keine zweihundertsiebzigtausend Kilometer drauf. Für einen Diesel ist das gar nichts.«

»Haben Sie noch einen Zweitwagen?«, fragte Peter.

»Nein, wozu?«

»Wenn Sie einmal getrennt unterwegs sind.«

»Dann nimmt einer von uns öffentliche Verkehrsmittel. Wir haben eine übertragbare Monatskarte, das ist billiger.«

»Darf ich fragen, wo Sie wohnen?«

»Aber klar, in Darmstadt-Bessungen. Nicht weit von der Endhaltestelle der Straßenbahnlinie 3 entfernt. Dort haben wir uns ein älteres Häuschen gekauft, ein echtes Schnäppchen.«

Das kann ich mir lebhaft vorstellen, dachte Peter und sah verstohlen zu Stefan hinüber, der die Augen verdrehte und fast unmerklich grinste.

»Wollen wir noch einen Apfelwein trinken?«, fragte Verena, und Alfred Fahrwaldt fragte Peter: »Die ersten beiden gingen auf Ihre Rechnung, Herr Stettner?««

»Ja.«

»Dann können wir uns noch ein Getränk leisten. Fünfzehn Euro hatte ich für das Mittagessen eingeplant. Annika, fährst du uns nachher nach Hause?«

»Ja, ich trinke dann eine Cola.«

Alfred Fahrwaldt, der offensichtlich nicht allzu viel vertrug, stand leicht schwankend auf und verschwand gleich hinter dem anderen Gast in der Toilette.

»Dein Mann ist ziemlich geizig, wie hältst du das denn aus?«, fragte Peter.

»Früher war er nicht so. Aber seit wir wieder in Deutschland sind …«

»Das ist doch kaum zu ertragen, oder?«

»Doch, im Grunde geht es. Damit wir uns nicht missverstehen, ich bin nicht hinter dem Geld meines Mannes her. Ich liebe ihn trotz des Altersunterschiedes sehr. Auch wenn er mit dem Alter schwieriger geworden ist, muss ich mal eine Lanze für ihn brechen. Er hat mir auf Mallorca sehr aus der Patsche geholfen. Als es mit meiner Boutique den Bach runterging und ich viele Schulden machen musste, war er der Einzige, der mir geholfen hat. Er hat mir mit zweihunderttausend Mark unter die Arme gegriffen. So sind wir uns nähergekommen.«

»Donnerwetter, das hätte ich ihm nie zugetraut.«

»Das ist die andere Seite von Alfred. Wenn jemand in Not ist, zögert er nicht und hilft, aber er selbst gönnt sich kaum was. Er trinkt zum Beispiel im Sommer zweimal wöchentlich abends eine Flasche Wein auf unserer Terrasse. Da seine Weinsorten im letzten Jahr aber um einiges teurer geworden ist, schränkt er sich nun ein und trinkt nur noch eine halbe. Er ist zwar hart zu sich selbst, aber für unseren Sohn ist ihm nichts zu teuer. Da ist es ganz egal, ob es um Lehrmittel für die Schule, den Klassenausflug oder Spielzeug geht.«

»Der Altersunterschied …«

»War nie ein Thema. Als ich ihn kennenlernte, war er schon dreiundsechzig, aber ich dachte, er wäre fünfzig. Erfahren, wie alt er wirklich ist, habe ich erst, da waren wir schon …«

In diesem Augenblick kam Alfred Fahrwaldt zurück, und das Gespräch über ihn verstummte sofort.

Stattdessen fragte Peter: »Annika, wo ist denn euer Sohn im Moment? Der Dampfzug wäre doch bestimmt auch etwas für ihn.«

»Ja, aber er wollte über Pfingsten so gerne zu Oma. Er hängt sehr an meiner Mutter.«

Alfred trank einen großen Schluck aus seinem Apfelweinbecher, und aufgekratzt, wie er inzwischen war, verwunderte es niemand, als er plötzlich erklärte: »So, jetzt weiß ich endlich, was ich in mein Testament schreiben werde, auch wenn ich es hoffentlich noch nicht so bald benötige.«

In diesem Moment kam der andere Gast von der Toilette zurück, trat an den Tisch der fünf und fragte: »Darf ich mich zu Ihnen setzen? Während ich draußen war, hat jemand meinen Platz besetzt. Ich werde Sie bestimmt nicht stören.«

»Aber natürlich«, sagte Peter, denn tatsächlich war der andere Tisch inzwischen von einer Gruppe Jugendlicher in Beschlag genommen worden.

»Danke«, sagte der Mann, ließ sich ganz am Rande des großen Tisches nieder und vertiefte sich wieder in seine Zeitung.

»Wisst ihr, was ich machen werde?«, fuhr Alfred unbeirrt fort und bemerkte nicht, dass die anderen ihn peinlich berührt ansahen, weil er dieses Thema in der Öffentlichkeit anschnitt.

Er war nicht aufzuhalten: »Ich werde den größten Teil meines Geldes, das ich aus dem Firmenverkauf noch habe, in eine Stiftung umwandeln, deren Zweck es ist, junge, unverschuldet in Not geratene Unternehmer zu unterstützen.«

»Und Ihre Familie? Bekommt die nichts?«, konnte es sich Peter nicht verkneifen zu fragen.

»Doch, natürlich. Meine Frau bekommt dafür, dass sie die Stiftung in meinem Sinne überwacht, eine stattliche monatliche Rente auf Lebenszeit. Außerdem werde ich eine kleine Eigentumswohnung in der Stadt kaufen, wo wir hinziehen werden, sobald die Stiftung gegründet ist. Unser Haus wird der Stiftungssitz werden. Für unseren Sohn lege ich ebenfalls ein Konto an, das ihn auf dem Ausbildungsweg unterstützen wird. Sollte er studieren, bekommt er einen monatlichen Zuschuss, oder falls er sich lieber nach einer Lehre selbstständig machen will, bekommt er das Geld als Startkapital für die Firma. Wenn Dr. Splittstößer, unser

Notar, aus dem Urlaub zurück ist, werde ich mich mit ihm in Verbindung setzen und die Einzelheiten besprechen.«

Die drei Taunus-Ermittler schwiegen verlegen, und Alfred schien plötzlich bewusst zu werden, wie viel er gerade ausgeplaudert hatte. Stockend sagte er:»Ann… Annika, ich glaube, ich habe genug. Komm, lass uns nach Hö… Höchst zu unserem Auto fahren.«

»Ja, es ist besser so«, stimmte sie zu, und mit ihrer Hilfe stemmte sich Alfred vom Tisch hoch.

»Wir haben den gleichen Weg, aber wir fahren nur bis Kelkheim«, sagte Peter, und Stefan ergänzte:»Herr Fahrwaldt, hängen Sie sich bei mir ein. Gemeinsam schaffen wir es bis zur Bahn.«

Gut zwanzig Minuten später war es so weit, sie bestiegen den Dampfzug, der um fünfzehn Uhr abfahren sollte.

Auf der Fahrt wurde Alfred wieder munterer, und er fragte:»Peter, was machen Sie eigentlich beruflich?«

»Er ist bei der Polizei«, antwortete Annika an Peters Stelle.

»Nein, das ist vorbei. Aber das kannst du nicht wissen, wir hatten ja keinen Kontakt mehr, seit Michaela fort ist. Als sie ging, hat mich das total aus der Bahn geworfen, und ich wurde in den vorzeitigen Ruhestand versetzt. Aber vor zwei Jahren habe ich zusammen mit Stefan und Verena eine Detektivagentur eröffnet. Könnt ihr euch noch an den spektakulären Fall mit den Neonazis vergangenen Herbst erinnern?«

»Na klar, das ging ja durch sämtliche Nachrichten. Wurden nicht der Schatzmeister und eine Sekretärin der Partei ermordet?«, fragte Alfred Fahrwaldt, der wieder vollkommen nüchtern zu sein schien.

»Ganz genau, Werker hieß er. Wir haben seine Frau,

die des Mordes an ihrem Mann verdächtigt wurde, raus-
gehauen und waren maßgeblich an der Überführung des
wirklichen Täters beteiligt.«

»Dann seid ihr …«

»Ja, wir sind die Taunus-Ermittler, wie uns die Presse
getauft hat. Eigentlich heißt unsere Detektei aber ST+W,
für Stettner und Weimershaus.«

»Donnerwetter, das hätte ich nicht gedacht«, sagte Annika
gerade, als der Zug in den Kelkheimer Bahnhof einfuhr.

Peter, Verena und Stefan verabschiedeten sich, verspra-
chen, die Fahrwaldts einmal zu besuchen, und sprangen
schnell aus dem Zug, da die Dampflok sich bereits wieder
stampfend und schnaufend in Bewegung setzte.

Während sie zur Hauptstraße zurückschlenderten, fragte
Peter: »Na, was haltet ihr von den beiden?«

»Ich find's sonderbar, dass Annika ihren Mann offensichtlich liebt, obwohl er sie ganz schön an der kurzen Leine
hält«, sagte Verena, und Stefan fügte hinzu: »Das war also
die Frau, mit der du vor zwanzig Jahren beinahe was angefangen hättest. Ich kann dich verstehen. Sie sieht auch
heute noch verdammt gut aus.«

»Wie bitte? Du kannst es verstehen, dass er fast fremdge-
gangen wäre? Na warte!«, rief Verena lachend, nahm ihre
Handtasche und tat so, als wollte sie Stefan eine überbraten.
Er zog erschrocken den Kopf ein und rannte einige Schritte
vor. Das gefiel Verena so gut, dass sie die Aktion noch zweimal wiederholte, bevor sie zu Hause angekommen waren.

3.

Nur wenige Tage nach Pfingsten meldete sich Dr. Pfannmöller bei Peter und Stefan und engagierte die beiden Detektive für einen komplizierten Fall. Es galt zu beweisen,
dass ein Mandant Dr. Pfannmöllers nicht der gesuchte Dieb
sein konnte. Da Stefan und Peter unwillkürlich an Stefans
Probleme mit Kommissar Jäger zwei Jahre zuvor denken
mussten, knieten sie sich mit all ihrer Energie in den Fall.
Aber auch Verena war beruflich derart eingespannt, dass
sie abends meist völlig erschlagen im Sessel hing. Darüber
vergaßen sie völlig, dass sie sich bei Annika und Alfred
melden wollten.

Auch deshalb fiel Stefan aus allen Wolken, als am frühen
Vormittag des sechzehnten August ein ihm völlig unbe-
kannter Rechtsanwalt in der Detektei anrief.

»Guten Tag, mein Name ist Dr. Birkenbarth. Ich bin der
Strafverteidiger von Frau Fahrwaldt. Kann ich bitte Herrn
Stettner sprechen?«

»Herr Stettner ist zurzeit noch nicht im Hause. Sie können
aber auch mit mir sprechen, ich bin der Juniorpartner.«

»Nein, Frau Fahrwaldt …«

»Fahrwaldt? Annika Fahrwaldt?«, unterbrach Stefan den
verblüfften Anwalt.

»Ja, genau. Frau Fahrwaldt hat mir ausdrücklich aufge-
tragen, mit Herrn Stettner persönlich zu sprechen.«

»Können Sie nicht auch mir sagen, um was es geht?«

»Nein, das geht …«

»Warten Sie, Herr Stettner kommt gerade zur Tür herein«, unterbrach Stefan den Anwalt erneut, und zu Peter gewandt sagte er: »Du, da ist der Anwalt von Frau Fahrwaldt am Telefon. Er will dich persönlich sprechen.«

»Na, dann gib mal her«, sagte Peter und sah seinen Juniorpartner fragend an, der nur ratlos mit den Schultern zuckte. Er stellte die Telefonanlage auf *Mithören* und meldete sich.

»Ich bin Dr. Werner Birkenbarth, der Strafverteidiger von Frau Fahrwaldt. Ich rufe Sie an, weil Frau Fahrwaldt Sie engagieren möchte.«

»Sie sind ihr Strafverteidiger? Was um alles in der Welt ist denn geschehen?«

»Sie hat gestern am späten Abend ganz offensichtlich versucht, ihren Ehemann Alfred zu ermorden.«

»Ich denke, Sie sind ihr Verteidiger, wie können Sie da von offensichtlich reden? Und was bedeutet, sie hat es versucht?«

»Versucht bedeutet, dass es ihr nicht ganz gelungen ist. Der Mann liegt im Koma, hat aber nach Auskunft der Ärzte kaum Chancen, jemals wieder das Bewusstsein zu erlangen. Dass ich ›offensichtlich‹ sagte, bedeutet, dass die Beweislage kaum einen anderen Schluss zulässt. – Äh, ich weiß nicht, wie die Frau ausgerechnet auf Ihre Detektei kommt, aber Sie sollen sich des Falles annehmen und Beweise für Frau Fahrwaldts Unschuld finden. Ich fürchte, die arme Frau hat völlig verdrängt, was sie getan hat, als sie erfuhr, dass ihr Mann sie aus heiterem Himmel enterben wollte.«

»Enterben?«

»Ja, aber das ist nichts fürs Telefon. Kommen Sie doch

hierher in meine Kanzlei. Ich bin in Darmstadt, gleich am Luisenplatz zu finden. Die Kanzlei Birkenbarth und Splittstößer liegt am westlichen Ende, Ecke Rheinstraße, im dritten Stock.«

»Ja, wir kommen heute Nachmittag. Wäre Ihnen vierzehn Uhr recht?«

»Ja, das geht. Aber was heißt wir?«

»Ich werde meine beiden Mitarbeiter mitbringen.«

»Ist das notwendig?«

»Ja, wir werden unsere anderen Fälle zurückstellen und uns mit vereinten Kräften dem Fall Fahrwaldt widmen. Schließlich sind wir alle drei mit dem Paar bekannt und können uns nicht vorstellen, dass Frau Fahrwaldt versucht haben soll, ihren Mann zu töten.«

»Dass Sie mit den Fahrwaldts persönlich bekannt sind, hat sie mir nicht erzählt, als sie mich beauftragte, Sie zu engagieren. Aber nun verstehe ich wenigstens, warum sie gerade Sie wollte. Okay, kommen Sie um vierzehn Uhr.«

Nachdem Peter aufgelegt hatte, ließ er seinen Blick zu Stefan und weiter zu Verena wandern, die gerade zur Tür hereingekommen war und die letzten Sätze mit angehört hatte.

»Was haltet ihr davon? Hat Annika wirklich versucht, Alfred umzubringen?«

»Nein, das glaub ich nicht«, sagte Stefan nachdenklich, »obwohl ich es ihr nicht verdenken könnte.«

Dieser Kommentar brachte Stefan einen strafenden Blick von Verena ein, bevor sie sagte: »Wer die beiden einmal zusammen erlebt und mit eigenen Augen gesehen hat, wie sie miteinander umgehen, kann nicht auf eine derart hirnrissige Idee kommen.«

»Das sehe ich auch so«, stimmte ihr Onkel zu und sagte

dann bedauernd: »Ich fürchte, aus eurer Reise ins Blaue wird nichts. Dein Urlaub wird vermutlich ganz für die Ermittlungen draufgehen.«

»Kein Problem, Onkel Peter. Mir war Annika sofort sympathisch; sie hängen zu lassen käme mir nicht in den Sinn. Da trifft es sich doch gut, dass ich heute meinen ersten Urlaubstag habe. Meinetwegen kann's gleich losgehen. Denn dass ich bei den Ermittlungen mitmische, ist wohl selbstverständlich.«

»Na, prima, dann wäre das geklärt. Nur lass bitte in Zukunft den Onkel weg. Ich komme mir dann so alt vor. ›Peter‹ reicht auch. Das wollte ich dir schon lange mal sagen.«

Gute drei Stunden später waren die drei in Verenas neuem Auto in Richtung Darmstadt unterwegs. Peter saß am Steuer und testete den BMW 118i auf Herz und Nieren. Sie waren nicht auf dem direkten Weg, sondern über Oberursel und die A 661 gefahren, da der Verkehrsfunk es ausnahmsweise einmal rechtzeitig geschafft hatte, vor dem Stau am Frankfurter Kreuz zu warnen. Wann immer es möglich war, trat Peter das Gaspedal bis zum Anschlag durch, und so schafften sie es in kaum dreißig Minuten, die nördliche Stadtgrenze von Darmstadt zu passieren. Als sie den Stadtteil Arheilgen erreichten und Stefan die Straßenbahngleise erblickte, sagte er grinsend zu Peter: »Na, hier bist du ja in deinem Element.«

»Was soll denn das heißen?«

»Auch wenn du es nie ausdrücklich erwähnt hast, weiß ich doch, dass du ein genauso großer Straßenbahnfreak bist wie ich. Leider hatte ich bislang nie die Gelegenheit, mich näher mit dem Darmstädter Straßenbahnnetz zu beschäftigen.«

»Dem kann abgeholfen werden«, sagte Peter grinsend und begann, den beiden einen Vortrag darüber zu halten: »Das Netz ist ziemlich ausgedehnt, und es gibt südlich der Stadt sogar eine richtig schöne Überlandstrecke. Allerdings bevorzugen die Schienenstränge eindeutig die Nord-Süd-Richtung. Lediglich in Richtung Griesheim …«

Verena verdrehte die Augen, denn wenn Peter erst einmal ins Dozieren kam, war er so schnell nicht mehr aufzuhalten; deshalb zog sie die Notbremse und unterbrach ihn: »Peter, da vorn kommt eine Abzweigung. Weißt du, wohin wir müssen?«

»Klar doch, ich kenne Darmstadt wie meine Westentasche …«

»Na bravo. In deiner Westentasche findest du meistens nichts.«

»Herzlichen Dank«, sagte Peter eingeschnappt und fuhr dann fort: »Ich ordne mich jetzt für geradeaus ein und fahre auf der Frankfurter Straße sozusagen direkt ins Herz der Stadt hinein. In Kürze erreichen wir einen Tunnel, der uns unter dem Luisenplatz hindurchführt. Darin ist die Einfahrt zu einer Tiefgarage, in der ich schon oft geparkt habe. Die hundertfünfzig Meter zum Luisenplatz zurück können wir laufen, oder?«

»Wir verlassen uns da ganz auf dich«, sagte Stefan, da verschluckte der Tunnel schon den Wagen.

Nur wenige Augenblicke später hatten sie bereits eingeparkt und gingen die leicht abschüssige Wilhelminenstraße, am Luisencenter vorbei, zum Luisenplatz. Kurz darauf standen sie vor dem reichlich unscheinbaren, renovierungsbedürftigen Haus, das die Kanzlei beherbergte.

»Der Geiz von Alfred scheint bereits auf Annika abgefärbt zu haben, denn der Teuerste kann dieser Anwalt nun wirklich nicht sein, so wie dieses Haus aussieht«, sagte Peter nachdenklich und drückte den Klingelknopf.

»Bei der Lage?«, fragte Stefan, da summte der Türöffner, und die Haustür sprang auf.

Im Treppenhaus wandelte sich das Bild des Hauses gewaltig, denn im Gegensatz zur verwitterten Fassade herrschte hier dezente Eleganz. Das passte schon eher zu einem Anwalt, der an einer der ersten Adressen der Stadt residierte. Dieses Bild verstärkte sich noch, als sie die Kanzlei betraten.

Noch bevor die Empfangsdame, die hinter einer wuchtigen Theke aus massivem Eichenholz saß, etwas sagen konnte, ging im Hintergrund eine Tür auf, und der Anwalt trat heraus.

»Sie müssen Herr Stettner sein«, sagte er und hielt Peter seine Hand hin.

Die anderen beiden beachtete er erst einmal nicht.

»Ja, das bin ich«, sagte Peter und fuhr mit einer lässigen Handbewegung in Richtung seiner Begleiter fort: »Das ist Verena Stettner, meine Nichte, und Stefan Weimershaus, ihr Verlobter. Darüber hinaus sind beide meine Mitarbeiter.«

»Ah, ein Familienbetrieb«, sagte Dr. Birkenbarth, und es war nicht herauszuhören, ob er das positiv oder abwertend meinte. Dann reichte er auch Stefan und Verena die Hand und sagte: »Kommen Sie mit in mein Büro.«

Die Einrichtung war äußerst elegant, ganz in dunklem Palisanderholz, Leder und Glas gehalten, und unter der Sitzgruppe lag ein schneeweißer Langflorteppich, der aussah, als wäre er gerade erst dorthin gelegt worden, um das edle Parkett zu schützen.

Dr. Birkenbarth bot seinen Gästen Platz an, und als alle

saßen, begann er mit sorgenvoller Miene zu erzählen: »Ich weiß gar nicht so recht, wie ich anfangen soll, das Unfassbare in Worte zu fassen, aber heute früh um zehn Uhr ist Frau Fahrwaldt verhaftet worden. Sie soll, das muss man sich einmal vorstellen, versucht haben, ihren Mann zu ermorden. Zuerst konnte ich es gar nicht glauben, schließlich kenne ich beide seit vielen Jahren. Ich war schon Herrn Fahrwaldts Anwalt, als er noch seine Firma in Eberstadt hatte. Damals war ich Angestellter der Kanzlei Splittstößer, Menke und Brockmeyer. Als Herr Menke und Herr Brockmeyer sich aus dem Geschäft zurückzogen, bin ich als Teilhaber eingestiegen. Herr Splittstößer ist der letzte der alten Garde und als Notar für Herrn Fahrwaldt tätig. So viel dazu. Die Tat …«

»Herr Dr. Birkenbarth«, unterbrach Peter den Anwalt, »Sie sagten vorhin, zuerst konnten Sie nicht glauben, dass Annika Fahrwaldt die Täterin ist. Glauben Sie es denn jetzt?«

»Äh, ja«, wand sich der Strafverteidiger, »jetzt weiß ich, ehrlich gesagt, gar nichts mehr. Die Darstellung der Polizei ist absolut schlüssig, und der leitende Kommissar ist mir als sehr gewissenhaft bekannt.«

»Was sagt denn die Polizei dazu? Können Sie mir alles berichten? An besten fangen Sie schon vor der Tat an.«

»Gestern Nachmittag war Herr Fahrwaldt wie jeden Mittwoch in seinem Lieblingsbiergarten und hat sich dort mit Freunden getroffen. Er fährt immer mit öffentlichen Verkehrsmitteln dort hin. Da Herr Fahrwaldt sehr sparsam ist, trinkt er den ganzen Abend über selten mehr als zwei oder drei Gläser Bier, manchmal auch Apfelwein. Im Laufe des Abends erklärte er seinen Freunden, er wüsste jetzt endlich, wie er sein Geld sinnvoll anlegt. Er hätte heute einen Termin mit Dr. Splittstößer, um einen Vertrag auszuarbeiten, bei dem über neunzig Prozent seines Vermögens in eine Stiftung überführt würden. Deren Zweck solle es sein, unschuldig in Not geratene …«

»… Jungunternehmer zu unterstützen. Dieser Plan war schon seit Längerem bekannt.«

»So? Auch so konkret?«

»Ich weiß zum Beispiel, dass er seiner Frau eine stattliche monatliche Rente und eine Wohnung sowie eine Ausbildungsabsicherung für den gemeinsamen Sohn hinterlassen wollte. Das hat er uns selbst bereits Anfang Juni erzählt.«

»Stattliche Rente ist gut. Da liegt übrigens laut Polizei der erste Teil des Motivs zur Tat. Denn was Alfred Fahrwaldt da ausgearbeitet hat, ist praktisch eine Enterbung seiner Frau. Und das schon zu seinen Lebzeiten. In wenigen Monaten wollte er mit ihr und dem Kind in eine winzige, ungünstig geschnittene Dreizimmerwohnung in der Karlstraße umziehen, und sein Haus sollte der Stiftungssitz werden. Außerdem hatte er vor, für seine Frau, den Sohn und sich eine monatliche Rente von dreitausend Euro auszusetzen, die nach seinem Ableben auf zweitausendfünfhundert sinken sollte. Davon hätte Annika Fahrwaldt auch noch die Sozialversicherung bezahlen müssen. Im Gegenzug sollte sie die Stiftung überwachen. Wenn das keine Enterbung ist …«

»Ja, schon, aber ist sein Vermögen denn so groß?«

»Es geht immerhin um einen Betrag jenseits von zwölf Millionen Euro.«

»Donnerwetter!«, riefen die drei fast gleichzeitig.

»Hinzu kommt«, fuhr Birkenbarth fort, »dass Frau Fahrwaldts Boutique bei Weitem nicht so gut lief, wie es nach außen hin den Anschein hatte. Herr Fahrwaldt hat seiner

Frau damals fast zweihunderttausend Mark zur Ablösung von Krediten geschenkt. Da die Räumlichkeiten nur angemietet waren, blieb ihr kein eigenes Vermögen.«

»Das zu bezahlen muss ihm aber schwergefallen sein«, rutschte es Peter heraus.

»Ja«, sagte der Anwalt, und man merkte deutlich, wie unwohl er sich fühlte, »darin sieht die Polizei ein zweites Tatmotiv. Annika Fahrwaldt soll den immer schlimmer werdenden Geiz ihres Mannes nicht mehr ertragen haben. Als er sie dann auch noch enterben wollte, sei sie durchgedreht.«

»Sie sagen ›soll‹ und ›sei‹, glauben Sie denn nun an die Schuld Ihrer Mandantin oder nicht?«

»Wenn ich ehrlich bin, kann ich mir nicht vorstellen, dass sie es getan hat. Ich kenne beide gut, auf Mallorca war ich ihr Trauzeuge. Aber die Indizien sind einfach erdrückend.«

»Wieso denn?«

»Herr Fahrwaldt fuhr gegen dreiundzwanzig Uhr mit einer Tram der Linie 4 von seinem Stammlokal in der Kastanienallee ab, ist kurz vor halb zwölf in die 3 umgestiegen und bis zur Endstation gefahren. Dort muss er fünfzehn Minuten vor Mitternacht angekommen sein. Die Nacht war stockfinster, denn wir haben Neumond und zudem war es stark bewölkt. Dementsprechend dunkel war es im Umfeld der Endstation. Nur wenige Meter vom Bahnsteig entfernt hat dann jemand versucht, Herrn Fahrwaldt mit einem Hammer den Hinterkopf zu zertrümmern. Er wurde aber nicht richtig getroffen, und so brach er schwerstverletzt hinter einem kleinen Gebüsch zusammen. Der Täter, der ungefähr die Größe von Annika Fahrwaldt gehabt hat, hat den Hammer einfach ins Gebüsch geworfen. Leider gibt es keine Fingerabdrücke.«

»Das ist alles, was gegen Annika spricht? In Darmstadt gibt es mindestens zwanzigtausend Menschen in ihrer Größe!«

»Wenn es nur das wäre, hätte man sie wohl kaum verhaftet. Aber sie hat ein Motiv, kein Alibi und zudem gelogen.«

»Wieso?«

»Weil mit der nächsten Straßenbahn, es war die letzte an diesem Abend, noch ein Fahrgast an der Endstation ausstieg. Er fand Alfred Fahrwaldt und alarmierte den Notarzt sowie die Polizei. Herr Fahrwaldt wurde um kurz nach eins in der Frühe ins Klinikum eingeliefert, und als seine Identität feststand, machten sich zwei Polizeibeamte auf den Weg zu Annika, um sie von dem Anschlag auf ihren Mann zu unterrichten. Sie fragten, wo sie den Abend verbracht hatte, und Frau Fahrwaldt gab die Adresse ihrer Freundin in Erzhausen an und sagte, sie wäre um Viertel vor zwölf dort losgefahren. Dann gingen die Beamten wieder.«

»Dann ist doch alles in Ordnung. Sobald die Polizei das Alibi überprüft hat, wird sie freigelassen. Warum man sie überhaupt verhaftet hat, ist mir allerdings immer noch ein Rätsel.«

»Ja, die Sachlage ist nicht so einfach, wie es auf den ersten Blick scheint. Denn der Tramfahrer hat ausgesagt, dass Herr Fahrwaldt die Bahn um Viertel vor zwölf verlassen hat. Laut Aussage der Ärzte wurde er kurz darauf niedergeschlagen. Heute früh hat die Polizei mit Bärbel Mechler gesprochen, Frau Fahrwaldts Freundin, und da wurde die Luft schon bedeutend dünner. Sie sagte nämlich aus, dass Annika schon den ganzen Abend über sehr nervös war und gegen elf ziemlich überstürzt aufgebrochen ist. Selbst das hätte noch nicht für eine Festnahme gereicht, aber es kam noch dicker.«

»Das dachte ich mir schon«, sagte Verena nachdenklich, und der Anwalt fuhr fort: »Die Beamten befragten heute früh auch noch die Nachbarn. Annika Fahrwaldts Pech war es, dass ihre Nachbarin zur Linken, Frau Rauschenbacher, sehr neugierig ist und zudem unter Schlafmangel leidet. Sie hat ausgesagt, dass Annika erst nach halb eins heimkam.«

»Lauert diese Frau die ganze Nacht am Fenster?«, fragte Verena, und Stefan rief: »Das klingt nicht gut«, als die Vorzimmerdame hereinkam und Kaffee brachte.

»Danke, Frau Cordes, das war eine gute Idee«, sagte der Anwalt und wandte sich wieder den Detektiven zu: »Leider tat Frau Fahrwaldt nun etwas sehr Dummes. Sie leugnete heftig, so spät zurückgekommen zu sein. Erst als sie mit den Aussagen ihrer Nachbarin und ihrer Freundin konfrontiert wurde, gab sie zu, mit ihrem Mann an diesem Nachmittag einen heftigen Streit wegen des zu knappen Haushaltsgeldes gehabt zu haben. Das habe ihr den ganzen Abend über keine Ruhe gelassen, und so sei sie schließlich bei ihrer Freundin aufgebrochen und ziellos durch die Gegend gefahren.«

»Hat sie denn niemand gesehen?«, fragte Stefan.

»Doch, aber das belastet sie eher. Denn sie tankte um Viertel nach elf stadteinwärts.«

»Wann ist die Tat geschehen, um Viertel vor zwölf?«

»Ja.«

»War das nicht zu knapp, um die Tat vorzubereiten?«, hakte nun Peter nach, der ahnte, worauf Stefan hinauswollte. »Sie konnte nicht wissen, mit welcher Bahn ihr Mann kommt.«

»Doch, das wusste sie. Alfred war, nein, er ist ein Gewohnheitsmensch. Er lebt ja noch, auch wenn die Ärzte ihm praktisch keine Chance einräumen. Er nimmt immer diese Bahn. Dennoch geht die Polizei nicht davon aus, dass diese Tat von langer Hand geplant wurde. Der Kommissar meint, sie habe ihren Mann abgepasst und in ihrem Zorn nach irgendetwas gegriffen, was im Auto lag und sich zum Zuschlagen eignete.«

»Weil man ja immer einen Hammer im Auto dabeihat«, sagte Peter sarkastisch, und der Anwalt erwiderte: »Im Wagen der Fahrwaldts fand sich eine Werkzeugtasche mit vorgefertigten Einschüben, von denen, neben einem für einen Schraubendreher, der für den Hammer leer war.«

»Dann sieht es wirklich nicht sehr gut für Annika aus. Auch wenn sie bestimmt nicht so dumm gewesen wäre, die Fingerabdrücke zwar zu beseitigen, den Hammer dann aber ins Gebüsch zu werfen …«

»Der Kommissar glaubt, dass sie gestört wurde. Dennoch kann auch ich mir nur schwer vorstellen, dass sie es war, die ihren Mann umbringen wollte. Aber die Indizien gegen sie sind, ehrlich gesagt, so erdrückend, dass ich trotzdem nur wenig Hoffnung habe, sie unbeschadet aus der Sache herauszubringen. Im Grunde bin ich froh, dass Frau Fahrwaldt zusätzlich Detektive engagieren will, um Nachforschungen anzustellen. Auch wenn ich nicht begreife, bitte verstehen Sie das nicht falsch, warum sie keine renommierte Detektei beauftragt.«

»Das kann ich erklären«, sagte Stefan. »Die geschiedene Frau von Herrn Stettner ist die beste Freundin Frau Fahrwaldts. Annika hat vor vielen Jahren miterlebt, wie Peter Stettner seine Frau auf Mallorca in einer spektakulären Aktion aus den Händen von Mädchenhändlern befreit hat.«[3]

---

3   Vgl. Die Taunus-Ermittler – Steinige Wege (Band 1)

»Mallorca, Mädchenhändler …«, sagte der Anwalt nachdenklich, um dann mit einem Lächeln der Erkenntnis zu sagen: »Ah, jetzt fällt es mir wieder ein. Das war der Fall Horst Barmstedt, Ende der Achtziger. Der Prozess gegen ihn wurde damals von allen juristischen Fachzeitschriften begleitet. Dieser deutsche Polizist, der den Kerl damals festnahm, waren also Sie! Alle Achtung.«

»Ich hatte in Kommissar Hernandez von der Kripo Palma einen tatkräftigen Helfer.«

»So langsam verstehe ich Frau Fahrwaldts Wahl. Warum sind Sie denn bei der Polizei ausgeschieden?«

»Es gab am Anschluss an die Aktion politische Verwicklungen, und da ich ohne Genehmigung dort ermittelt habe, kostete mich das meinen Job«, gab Peter die Ereignisse sehr verkürzt wieder und fragte schnell: »Können wir uns zusammen mit Ihnen den Tatort ansehen?«

»Ich würde gern mit Ihnen rausfahren, aber ich habe um sechzehn Uhr einen Termin, den ich nicht verschieben kann. Sie können aber auch allein hinfahren, denn der Tatort ist bereits wieder freigegeben. Die Markierungen der Spurensicherung müssten aber noch zu erkennen sein. Am besten gehen Sie auf den Luisenplatz und fahren mit der Straßenbahnlinie 3 dorthin. Das geht schneller und besser als mit dem Auto.«

»Danke für den Tipp. Ach ja, was geschieht jetzt eigentlich mit dem Sohn der Fahrwaldts?«

»Der ist, solange noch Ferien sind, bei seiner Oma in Düsseldorf. Wer weiß, wie es weitergeht, wenn seine Mutter am Ende verurteilt wird.«

»Danke, dass Sie uns so viel Zeit gewidmet haben«, sagte Peter. »Dürfen wir uns an Sie wenden, falls noch Fragen auftauchen?«

»Aber klar doch. Auch ich will das Beste für Frau Fahrwaldt.«

Die drei verabschiedeten sich und verließen die Kanzlei.

Als sie mit dem Aufzug nach unten fuhren, sagte Peter nachdenklich: »Verdammt, das sieht ziemlich mies aus. Wenn wir den wahren Täter nicht finden und Alfred nicht mehr aussagen kann, wird sie glatt wegen Mordversuchs verurteilt. Ihr seid doch wie ich immer noch der Meinung, dass sie unschuldig ist, oder?«

»Natürlich!«, rief Stefan, setzte dann aber nachdenklich hinzu: »Auch wenn es bei den vielen Indizien, die gegen sie sprechen, ganz schön schwerfällt.«

Darauf warf Peter ihm einen derart ärgerlichen Blick zu, dass Verena, die eigentlich etwas Ähnliches hatte sagen wollen, lieber den Mund hielt. Sie gingen schweigend zur Straßenbahnhaltestelle, und auch während sie warteten, fiel kein Wort. Erst als sie einige Minuten später die Linie 3 zur Lichtenbergschule bestiegen, entspannte sich die Situation etwas.

Keine zehn Minuten später durchquerte die Bahn bei leichtem, aber stetigem Anstieg die Ortsmitte von Bessungen. Die Straße war so eng, dass die Tram, die hier nur eingleisig geführt wurde, dicht an den Hauswänden vorbeifuhr.

Stefan blickte hinaus und sagte: »Ich möchte mal wissen, wo hier eine Grünanlage sein soll. Es ist nicht mehr weit bis zur Endstation, und wir sind noch mitten in der Stadt.«

»Wart's ab«, sagte Peter, der sich in Darmstadt gut auskannte, noch immer ziemlich kurz angebunden, und tatsächlich überquerte die Bahn in diesem Augenblick eine belebte Kreuzung, worauf sich das Stadtbild völlig änderte.

Der enge Kern des Stadtteils Bessungen ging abrupt in einen locker bebauten, ziemlich steil abfallenden Hang über. Die Straßenbahn rumpelte hinab bis zur Wendeschleife, und die drei stiegen aus. Stefan und Verena sahen sich nach der kleinen Grünanlage um, in der das Verbrechen geschehen war.

»Folgt mir über die Gleise, dann sind wir da«, sagte Peter, und nicht einmal eine Minute später standen sie vor der Anlage, die im Grunde nur aus zwei großen Büschen und einem Trampelpfad dazwischen bestand.

Im Hellen sah das Ganze offen und freundlich aus, aber wenn man die spärlich verteilten Straßenlampen ringsum berücksichtigte, konnte man sich ausmalen, wie schlecht die Büsche einsehbar waren.

»Hier wurde Alfred Fahrwaldt mit eingeschlagenem Schädel gefunden«, sagte Peter langsam und fügte nach kurzer Pause hinzu: »Wir sollten uns das Ganze noch einmal bei Dunkelheit ansehen.«

»Ja«, gab Verena ihm recht, »am helllichten Tag kann ich mir fast nicht vorstellen, dass Alfred hier gut und gern eine Stunde gelegen hat, bevor er gefunden wurde.«

»Geht mir auch so«, stimmte Stefan zu und hoffte, nicht schon wieder in ein Fettnäpfchen getreten zu sein. »Bleiben wir in Darmstadt und fahren später noch mal her, oder kommen wir morgen Abend wieder?«

»Ich schlage vor, wir gehen jetzt noch einmal schnell zum Haus der beiden in der Paul-Wagner-Straße und fahren dann in die Stadt zurück. Dort essen wir etwas und kommen noch mal her, wenn es dunkel ist.«

Stefan und Verena stimmten Peters Plan zu und folgten ihm schnell, denn er hatte sich bereits in Bewegung gesetzt. An der Straßenecke hatten sie ihn eingeholt und standen wenig später vor der Doppelhaushälfte der Fahrwaldts. Das etwas heruntergekommene Haus machte ganz und gar nicht den Eindruck, als wenn hier eine wohlhabende Familie wohnte, und war bestimmt dem einen oder anderen Nachbarn ein Dorn im Auge.

»Na, Peter, was meinst du?«, fragte Stefan prompt, »könnte es nicht auch ein Nachbar gewesen sein, der sich am Zustand des Hauses gestört hat?«

»Sehr komisch. Aber es deutet alles darauf hin, dass Alfred noch um einiges geiziger ist, als es auf den ersten Blick den Anschein hat.«

»Das ist aber nicht gut für Annika«, sagte Verena zögernd und sprach damit aus, was auch die beiden anderen dachten.

Ratlos standen sie mitten auf der Straße, als rasant ein Auto einbog und der Fahrer sie mit einem wütenden Stakkato auf der Hupe an den Straßenrand jagte.

Dadurch löste sich die Erstarrung, die sie erfasst hatte, und Peter sagte: »Kommt, es ist schon fast sechs. Wir gehen erst einmal etwas essen.«

»Weißt du schon, wohin, Peter?«, fragte Verena, sich gerade noch rechtzeitig an seine Bitte erinnernd, ihn nicht mehr *Onkel* zu nennen.

»Was haltet ihr davon, wenn wir auf Alfreds Spuren wandeln und seinen Lieblingsbiergarten aufsuchen?«

Es war schon kurz nach neun Uhr, als Stefan, Verena und Peter aus der Gaststätte nördlich des Stadtzentrums aufbrachen. Sie hatten den Innenraum des urgemütlichen Lokals dem Garten vorgezogen und mehr getrunken, als sie eigentlich wollten. Nur Peter, der später nach Hause fahren sollte, hatte sich mit einem Glas Weißbier zufriedengegeben.

Während sie an der nahen Haltestelle warteten, sagte Stefan nachdenklich: »Billig ist es dort ja nicht gerade. Wundert mich, dass das Alfreds Stammlokal sein soll.«

»Ja, das dachte ich vorhin auch, deshalb habe ich in unserer ruhigen Ecke den Kellner ausgequetscht.«

»Wann das denn?«

»Als du auf der Toilette warst und wir gezahlt haben«, erklärte Verena ihrem verblüfften Verlobten.

»Ist ja schön, dass man das auch mal erfährt«, brummte Stefan eingeschnappt, fragte dann aber neugierig: »Was hat er denn gesagt?«

»Zuerst konnte er sich nicht erinnern, aber dann haben wir etwas nachgeholfen, indem wir ihm ein Bild von Alfred und einen Zehneuroschein unter die Nase gehalten haben. Und als Peter dem Mann erklärt hat, warum wir fragen, hat er uns einen ganzen Roman erzählt.«

In diesem Augenblick fuhr die Bahn vor, und sie stiegen ein. Als sie sich Richtung Innenstadt in Bewegung setzten, erzählte Verena weiter: »Der Kellner hat uns erzählt, dass Alfred im Gegensatz zu seinen Freunden den halben Abend bei einem Glas Bier verbrachte und, während die anderen Sauerbraten oder Haxe verspeisten, er selten mehr als ein Wurstbrot aß. Auch gab er im Vergleich zu den anderen kaum Trinkgeld, und wenn er es passend hatte, fiel es auch mal ganz aus.«

»Na, das passt ja wieder«, sagte Stefan und fügte zögernd hinzu: »Seid mir nicht böse, aber im Moment spricht wirklich alles gegen Annika. Vielleicht sollten wir nicht von vornherein ausschließen, dass sie es war. Ich meine, Alfreds Geiz war wirklich kaum noch zu ertragen.«

»Nein, Stefan, das kann ich mir ganz und gar nicht vorstellen. Wenn du die Sache so pessimistisch angehst, sollte ich vielleicht allein weitermachen«, fuhr Peter heftig auf und stieg aus der Tram, die an der Endstation angekommen war.

Verena, wie Stefan von Peters heftiger Reaktion völlig überrascht, folgte ihm schnell. Er war, ohne auf die beiden zu warten, zur Grünanlage hinübergelaufen.

Als auch Stefan sie eingeholt hatte, sagte Verena: »Peter, Stefan hat Annika doch gar nicht verdächtigt, es getan zu haben. Er hat doch nur gesagt, wir sollten diese Möglichkeit nicht von vornherein ausschließen. Und gerade du hast uns doch immer gesagt, wir seien nur der Wahrheit verpflichtet, egal, wie diese aussieht.«

»Du hast ja recht, Verena«, lenkte Peter ein, um dann übergangslos zu sagen: »Hier in der Anlage ist es wirklich stockdunkel, da kommt kein Licht von den Straßenlaternen hin. Hier geht nachts kaum einer freiwillig durch. Es ist also durchaus möglich, dass Alfred von kurz vor zwölf an hier gelegen hat, ohne gefunden zu werden.«

Dann ging Peter in Richtung Paul-Wagner-Straße und sagte: »Von hier ist die Anlage, so klein sie auch ist, ebenfalls nicht einzusehen. Es kann also sein, dass Annika wirklich nichts bemerkt hat, als sie mit dem Auto in ihre Straße abbog. – So, jetzt gehen wir noch zum Haus und sehen nach, wie die Lichtverhältnisse dort sind. Vielleicht hat sich diese ältere Nachbarin ja geirrt, als sie Annika nach Hause kommen zu sehen glaubte.«

Sie gingen die kurze Strecke bis zum Haus der Fahrwaldts, mussten allerdings gleich feststellen, dass die Straßenlampe den Platz davor gut ausleuchtete. Hier konnte selbst jemand mit altersbedingt schlechteren Augen alles ganz genau erkennen.

»Nun ja, Annika hat später selbst zugegeben, dass es

zwanzig Minuten nach Mitternacht gewesen sein kann, als sie nach Hause kam. Um diese Zeit lag Alfred noch im Gebüsch. Auch wenn sie in nicht einmal achtzig Metern Entfernung abgebogen ist, dürfte sie nichts davon bemerkt haben. – Habt ihr übrigens, als wir noch beim Gebüsch standen, den Wagen bemerkt, der in die Paul-Wagner-Straße bog?«

»Nein.«

»Ich beinahe auch nicht, denn sein Lichtkegel erreichte die Anlage nicht einmal andeutungsweise. Hier können wir heute nichts mehr tun. Ich schlage vor, wir fahren nach Hause.«

»Ja, so langsam werde ich müde«, stimmte Stefan zu, und Verena neckte ihn: »Kein Wunder, so wie du vorhin gebechert hast.«

Gerade einmal zweiundzwanzig Stunden, bevor die Detektive den Biergarten verlassen hatten, hatte auch Alfred Fahrwaldt sich in bester Laune von seinen Freunden verabschiedet und war zur Haltestelle gegangen. Seine gute Stimmung hatte man daran bemerkt, dass er ein Glas Bier mehr als üblich getrunken und dem Kellner satte fünfzig Cent Trinkgeld überlassen hatte.

Der Grund war, dass sein letztes großes Projekt, wie er seine Stiftung nannte, nun endlich konkrete Formen annahm. Er war so sehr mit sich selbst beschäftigt, dass er die Person, die ihm seit Verlassen des Biergartens folgte, nicht bemerkte. Aber selbst wenn sie ihm in der hell erleuchteten Straßenbahn aufgefallen wäre, hätte er sich von dieser Person, die ihr gewöhnliches Aussehen gründlich verändert hatte, in keiner Weise bedroht gefühlt. Er war, wie er glaubte, mit sich und der Welt im Reinen.

Als er am Luisenplatz in die Linie 3 umstieg, erwog er sogar, seiner Frau am nächsten Tag einen Blumenstrauß zu kaufen, um sich bei ihr zu entschuldigen. Er wusste schließlich selbst, dass er mit seiner Sparsamkeit manchmal über das Ziel hinausschoss.

Als Alfred an der Endstation die Straßenbahn verließ, wechselte er noch einige Worte mit dem Fahrer, der am Mittwochabend auf dieser Linie öfter seinen Dienst versah. So konnte die verkleidete Person aussteigen, ohne von beiden auch nur bemerkt zu werden, und im Schatten des Gebüschs auf Alfred warten. Da Alfred wie immer, seiner Gewohnheit folgend, den kürzesten Weg durch die Anlage wählte, war es nur eine Frage von Sekunden, den schweren Hammer aus der Tasche zu reißen und ihn auf Alfreds Hinterkopf niedersausen zu lassen. Noch ehe Alfred begriff, was geschah, sackte er mit einem Röcheln in sich zusammen.

Der Straßenbahnfahrer, der noch immer an der Haltestelle auf das Signal zur Abfahrt wartete, hatte von alledem nichts mitbekommen.

4.

Am Morgen des siebzehnten August saßen Peter, Verena und Stefan schon früh in den Räumen der Detektei und überlegten bei einem Arbeitsfrühstück, wo sie mit ihren Ermittlungen ansetzen konnten. Bei dieser Art der Besprechung hatten sie oft gute Ideen.

»Wer käme denn noch für den Mordversuch infrage?«, fragte Stefan, und Peter antwortete: »Ehrlich gesagt, ich weiß es nicht. Alles, was ich jetzt sagen würde, wäre wüste Spekulation. Wir haben nichts in der Hand außer unserer Überzeugung, dass es Annika nicht war, und sehen uns einer nahezu geschlossenen Indizienkette gegenüber. Wir müssen erst mal in Ruhe Alfreds Leben analysieren und sehen, ob wir irgendwo ein mögliches Tatmotiv finden. Ich vermute, dass seine berufliche Laufbahn zu weit zurückliegt und der Schlüssel eher in der jüngeren Vergangenheit zu finden ist. Auch einen versuchten Raubmord können wir nicht völlig ausschließen, aber das halte ich für nicht sehr wahrscheinlich, da die Brieftasche noch in der Innentasche seines Sakkos steckte. Dass so gut wie nichts drin war, hat bei Alfred nur wenig zu bedeuten.«

»Woher weißt du das?«

»Vielleicht habt ihr gestern bei Dr. Birkenbarth die Kopie der Ermittlungsakten bemerkt, die er als Annikas Anwalt bereits bekommen hatte. Sie lagen vor ihm, und da ich ganz gut über Kopf lesen kann, habe ich ein bisschen darin geschmökert. Ich denke, es bleibt uns nichts anderes übrig, als auf Alfreds Spuren zu wandeln, und das heißt, sein gesamtes Umfeld zu durchleuchten. Möglicherweise hat er in seinem Geiz ja jemanden betrogen, und derjenige hat sich gerächt. Vielleicht ist er aber auch spielsüchtig und kann seine Schulden nicht bezahlen …«

»Meinst du das ernst?«, fragte Verena ungläubig.

»Nein. Es sollte nur verdeutlichen, wie wir weiter vorgehen müssen. Irgendeinen dunklen Punkt in Alfreds Leben muss es ja geben, wenn wir Annika nicht von vornherein verurteilen wollen. Dennoch werde ich das Gefühl nicht los, die Polizei hat zumindest in einem recht: Dass es mit seinem krankhaften Geiz zusammenhängt.«

»Was wissen wir denn über seine Zeit auf Mallorca?«, fragte Stefan plötzlich.

»Nichts, wieso?«

»Nun, vielleicht liegt der Schlüssel ja dort?«

»Glaub ich nicht. Die beiden leben schon seit sechs Jahren wieder in Deutschland.«

»Peter, denk mal nach. Sie sind damals ziemlich überstürzt zurückgekehrt.«

»Überstürzt würde ich das nicht nennen«, schaltete sich Verena ein, »sie sind, wenn ich mich richtig erinnere, zurückgekommen, damit Sven von Anfang an in Deutschland den Kindergarten besuchen kann.«

»Verena, Peter, das hat Alfred uns erzählt! Wenn es aber zum Beispiel so ist, dass er dort eine nicht ganz astreine finanzielle Transaktion durchgeführt hat und deshalb abhauen musste …«

»… und seine damaligen Geschäftspartner ihn erst jetzt gefunden haben?«, fragte Verena.

»Ganz genau.«

»Nicht übel, Stefan, da könnte was dran sein«, sagte Peter verblüfft, »du hast gut kombiniert.«

»Aber wie sollen wir jemals dahinterkommen?«

»Ich denke da an meinen speziellen Freund Kommissar Hernandez. Wenn ich richtig rechne, müsste er jetzt siebenundfünfzig sein. Wenn wir Glück haben, ist er noch im Dienst.«

»Meinst du, er würde uns helfen?«

»Ich denke schon, wenn auch nicht ganz freiwillig. Aber er wird vermutlich einlenken, wenn er hört, dass ich sonst persönlich zum Ermitteln nach Mallorca komme. Ich werde gleich nachher, wenn ihr weg seid, versuchen, ihn zu erreichen.«

»Warum? Dürfen wir nicht zuhören?«

»Doch, natürlich, aber uns bleibt nicht viel Zeit. Bei dieser Beweislage werden die Ermittlungen bestimmt bald abgeschlossen und der Prozess gegen Annika eröffnet.«

»So schnell?«, fragte Verena.

»Ich fürchte es. Deshalb müssen wir getrennt ermitteln. Während ich mit Spanien telefoniere, fahrt ihr nach Darmstadt und versucht, mit Herrn Birkenbarths Hilfe herauszufinden, zu wem Alfred Kontakte unterhielt. Wer seine Freunde sind, Geschäftspartner, Finanzberater, Ärzte und all das. Lasst euch den Schlüssel zum Haus der beiden geben und versucht, eine Liste seines und Annikas Bekanntenkreises aufzustellen. Um achtzehn Uhr treffen wir uns in der Pizzeria.«

Keine zehn Minuten später hatten die beiden das Büro bereits verlassen und waren mit Verenas Auto auf dem Weg zu Dr. Birkenbarth.

Der Anwalt, der über wichtigen Papieren brütete, war

schon über die Störung nicht gerade erfreut. Noch weniger begeistert war er davon, dass Stefan und Verena nach dem Haustürschlüssel der Fahrwaldts fragten. Zur Sicherheit rief er erst einmal bei Annika in der Haftanstalt an und fragte, ob er den Schlüssel herausgeben dürfte.

»Aber klar doch, wenn es meiner Entlastung dient und die Polizei nichts dagegen hat«, hörten sie Annika über die eingeschaltete Freisprecheinrichtung sagen.

»Nein, die Polizei hat die Durchsuchung abgeschlossen und Ihr Haus bereits freigegeben. Aber ich werde dennoch Kommissar Beierlein um Erlaubnis fragen.«

»Tun Sie das«, hörten sie Annika sagen, und ihre Stimme klang flehend, als sie fortfuhr: »Geben Sie den Detektiven jede erdenkliche Hilfestellung. Ich weiß schließlich, dass ich unschuldig bin. Aber vergessen Sie es bitte nicht, Herr Birkenbarth.«

»Sie sehen ja, das Ganze ist gar nicht so einfach«, erklärte der Verteidiger den beiden, nachdem er aufgelegt hatte, und ließ sich von seiner Sekretärin eine Verbindung ins Polizeipräsidium herstellen.

Er erreichte den Hauptkommissar sofort und erklärte ihm den Sachverhalt.

Kommissar Beierlein hatte grundsätzlich nichts dagegen einzuwenden, aber er sagte zu dem Anwalt: »Schicken Sie die beiden Detektive doch erst einmal zu mir. Das ist kein Misstrauen gegen die beiden, dennoch muss ich mich von ihrer Vertrauenswürdigkeit überzeugen. Sie sollen noch heute Vormittag aufs Präsidium kommen; dann kann ich ihnen gleich den Schlüssel übergeben, ich habe ihn noch hier. Sie sollen sich in der Abteilung ›Delikte am Menschen‹, zweiter Stock, Zimmer 41 melden und gleich nach mir, Hauptkommissar Wolfgang Beierlein, fragen.«

Der Anwalt beendete das Gespräch und fragte: »Gibt es noch irgendwelche Unklarheiten?«

»Nein, wir werden uns gleich auf den Weg machen«, sagte Stefan schnell, und sie verließen die Kanzlei.

Auf dem Weg nach unten sagte er zu Verena: »Dieser Birkenbarth war nicht gerade begeistert davon, dass wir uns so reinhängen. Ob der was mit dem Mordanschlag zu tun hat?«

»Das glaube ich nicht, der war nur sauer, dass wir ihn schon wieder von der Arbeit abgehalten haben. Nicht jeder schiebt so eine ruhige Kugel wie ihr.«

»So eine Frechheit!«, entfuhr es Stefan, »aber im Auge behalten sollten wir diesen Anwalt trotzdem. Man weiß ja nie. – Fährst du?«

»Okay, aber du dirigierst mich. Du kannst das besser als dieses blödsinnige Navi.«

»Bist du da sicher?«

»Ich lass mich überraschen.«

Verena und Stefan lachten herzhaft, küssten sich dann mitten auf dem Luisenplatz leidenschaftlich und gingen zur Parkgarage.

Unterdessen war auch Peter nicht untätig geblieben. Er hatte herausbekommen, dass Hernandez noch immer der Leiter der Mordkommission in Palma war, und sich dessen Durchwahl besorgt. Leider war der Kommissar gerade in einer Ermittlung unterwegs, deshalb hatte Peter seine Nummer hinterlassen und um Hernandez' Rückruf gebeten.

In den folgenden Stunden saß Peter wie auf glühenden Kohlen und starrte das Telefon an, das stumm blieb. Je länger er wartete, umso mehr schwand seine Hoffnung, dass Hernandez überhaupt mit ihm sprechen würde; doch dann klingelte das Telefon.

Peter meldete sich, und der Kommissar fiel gleich mit der Tür ins Haus: »Sind Sie der Stettner, an den ich jetzt denke?«

»Genau«, sagte Peter, und der Kommissar, der noch besser Deutsch sprach als zwanzig Jahre zuvor, stöhnte gequält auf, bevor er kurz angebunden fragte: »Was gibt's?«

»Ich brauche mal wieder Ihre Hilfe.«

»Schön, dass Sie es diesmal wenigstens einsehen.«

»Ich habe da einen komplizierten Fall …«

»Dafür gibt es den Amtsweg.«

»Für mich nicht mehr.«

»Was heißt denn das?«

»Ich bin nicht mehr bei der Polizei. Die Sache damals hat mich den Job gekostet.«

»Das tut mir leid, denn im Grunde waren Sie ein guter Ermittler.«

»Das bin ich auch jetzt noch.«

»Wieso, ich denke …«

»Ich bin seit etwa zwei Jahren als Privatdetektiv tätig.«

»Dann kann ich Ihnen schon gar nicht helfen, leider. Ich käme in Teufels Küche, wenn herauskäme, dass ich …«

»Okay, dann muss ich eben nach Mallorca kommen, um selbst auf der Insel zu ermitteln.«

»Oh nein!«

»Es muss aber sein.«

»Also gut, angenommen, ich könnte Ihnen helfen, um was geht es denn?«

»Es geht um die Frau, die mich damals zu Ihnen nach Palma begleitete, Annika Kronburg, oder Fahrwaldt.«

»Sie hat Mallorca schon vor einigen Jahren verlassen.«

»Ich weiß. Sie lebt seitdem wieder in Deutschland, nur vierzig Kilometer von meinem Heimatort entfernt. Sie wurde gestern verhaftet. Man wirft ihr vor, dass sie versucht habe, ihren Mann Alfred Fahrwaldt zu ermorden.«

»Und Sie glauben das nicht?«

»Nein«, sagte Peter und umriss die Geschichte in groben Zügen.

Als er fertig war, fragte Hernandez: »Und was soll ich dabei tun?«

»Sie könnten für mich überprüfen, ob Alfred Fahrwaldt auf Mallorca irgendjemanden übers Ohr gehauen hat und deshalb nach Deutschland zurückgekehrt ist. Vielleicht auch, ob derjenige, falls es ihn gibt, in der vergangenen Woche in Deutschland war.«

»Ganz legal ist das aber nicht, was Sie da von mir verlangen …«

»Ich weiß, aber ich wäre Ihnen sehr dankbar …«

»Schon gut, ich mach's ja. Bevor Sie am Ende wieder ganz Mallorca auf den Kopf stellen.«

»Wieso? Zeigte damals der Puig Major mit der Spitze nach unten? Ich will nächstes Jahr, falls es meine Zeit zulässt, vielleicht eine Urlaubsreise nach Mallorca machen.«

»Oh nein, bitte nicht«, stöhnte Kommissar Hernandez erneut auf, fügte dann aber lachend hinzu: »Malta, Rhodos oder Zypern sind doch auch ganz schön. Wie wär's denn damit?«

»Ich werd's mir überlegen«, sagte Peter ebenfalls lachend und legte erst auf, nachdem er Hernandez das Versprechen abgerungen hatte, sich in den nächsten Tagen zu melden.

Es war bereits elf Uhr dreißig, als Stefan und Verena das Polizeipräsidium betraten.

Sie fragten den stämmigen Portier, wie sie zu Kommissar Beierlein kämen, und er sagte: »Gehen Sie durch die Sicherheitsschleuse, ich werde Sie derweil oben anmelden. Wenn der Sperrbügel aufgeht, gehen Sie rechts zum Aufzug und fahren in den zweiten Stock. Oben gehen Sie den rechten Gang runter, es ist nicht zu verfehlen.«

Die beiden kamen problemlos durch die Schleuse, fuhren nach oben und standen kurz darauf vor der Bürotür des Kommissars. Noch bevor Stefan anklopfen konnte, ging die Tür auf, und ein nicht allzu großer, dafür aber recht rundlicher Mittfünfziger trat ihnen entgegen.

»Wollen Sie zu mir?«

»Wenn Sie Kommissar Beierlein sind, ja.«

»Und Sie sind Herr Weimershaus und Frau Stettner, die Detektive? Irgendwie hatte ich Sie mir älter vorgestellt«, sagte der Kommissar, und Verena erwiderte trocken: »Vielen Dank.«

»Oh, entschuldigen Sie, das sollte keine Beleidigung sein, kommen Sie doch erst mal herein.«

»Danke«, sagte Stefan, der auf eine Unterhaltung zwischen Tür und Angel gut verzichten konnte, und betrat mit Verena das recht spartanisch eingerichtete Zimmer.

Der Polizist bot ihnen Platz auf zwei knochenharten Stühlen an, während er selbst auf dem einzigen höherwertigen Möbelstück des Raumes Platz nahm. Er wartete, bis die beiden sich gesetzt hatten, zündete sich trotz des Rauchverbots im ganzen Gebäude einen entsetzlich stinkenden Zigarillo an und fragte: »So, was wollen Sie denn nun genau in Alfred Fahrwaldts Haus?«

»Frau Fahrwaldt hat uns engagiert, um Beweise für ihre Unschuld zu suchen.«

»Sie werden verstehen, dass ich Sie da nicht so ohne Weiteres hineinlassen kann.«

»Frau Fahrwaldt hat es uns aber erlaubt, und Ihre Untersuchungen ...«

»Sind bereits abgeschlossen, ja. Aber Sie könnten falsches Be- oder Entlastungsmaterial dort platzieren und anschließend behaupten, wir hätten es übersehen. Deshalb mein Vorschlag zur Güte: Morgen früh um zehn begleitet Sie einer meiner Beamten, und Sie können Ihre Untersuchungen in seiner Gegenwart durchführen. Ist das okay?«

»Wenn es denn sein muss. Dann treffen wir uns also morgen um zehn vor dem Haus«, stimmte Stefan zu und wollte schon aufstehen, als der Kommissar grinste und sagte: »Moment mal, Herr Weimershaus. Einige Fragen hätte ich auch an Sie.«

Stefan ließ sich erneut auf dem Stuhl nieder und Verena seufzte: » Fragen Sie.«

»Ihre Agentur heißt ST+W. Frau Stettner, sind Sie die Chefin?«

»Nein, das ist mein Onkel. Ich selbst arbeite nur sporadisch mit.«

»Wie kamen Sie denn zu diesem Auftrag?«

»Frau Fahrwaldt ist seit vielen Jahren persönlich mit meinem Onkel bekannt.«

»Haben die beiden ein Verhältnis?«

»Nein, so war das nicht gemeint«, mischte sich Stefan ein, »Frau Fahrwaldt ist die beste Freundin der geschiedenen Frau meines Partners. Sie haben sich vor rund zwanzig Jahren angesichts der Entführung von Frau Michaela Stettner, die damals noch Kolb hieß, kennengelernt.«

»Wie heißt denn Ihr Partner mit Vornamen?«

»Peter, wieso?«

»Peter Stettner, Michaela Kolb, da klingelt etwas bei mir.«

»Peter Stettner war früher bei der Kripo Frankfurt. Er hat seine Freundin und spätere Frau aus den Fängen von Horst Barmstedt ...«

»Na klar, der Fall Barmstedt. Das wirbelte damals viel Staub auf. Ihr Partner ist also dieser Stettner; das macht die Sache verständlicher und Ihre Agentur vertrauenswürdiger. Herr Weimershaus, was hat denn Sie mit Herrn Stettner zusammengeführt?«

»Ich bin mit Verena Stettner verlobt.«

»Aha. Wie wollen Sie denn weiter vorgehen?«

»Die Nachbarn befragen, und morgen früh, wenn wir ins Haus dürfen, werden wir eine Liste erstellen, mit wem Alfred Fahrwaldt so alles Kontakt hatte.«

»Das können Sie sich sparen. Die Fahrwaldts haben sehr zurückgezogen gelebt. Ich habe hier eine Liste mit allen gesellschaftlichen Kontakten, die das Ehepaar gepflegt hat. Es sind gerade einmal einunddreißig Namen. Darunter der Finanzberater der örtlichen Sparkasse, ihr Anwalt Dr. Birkenbarth, dann Steuernagel, der Hausarzt, die Lehrer des Sohnes sowie die Eltern einiger Klassenkameraden. Da diese Namen Ihnen morgen im Haus ohnehin zugänglich würden, kann ich Ihnen die Liste auch gleich aushändigen.«

Mit diesen Worten reichte er Stefan den Computerausdruck und meinte: »Damit hat sich das morgen früh erledigt, oder?«

»Wo denken Sie hin? Schließlich hat Frau Fahrwaldt uns ausdrücklich darum gebeten, gründlich zu ermitteln.«

»Ich will Sie keinesfalls daran hindern, aber die Mühe können Sie sich sparen.«

»Sind wir Ihnen zu gründlich? Haben Sie Angst, sich zu blamieren?«, fragte Stefan grinsend, kam damit aber gar nicht gut an. Der Kommissar erhob sich augenblicklich, streckte ihnen die Hand entgegen, sagte: »Danke, das war's dann«, und begleitete sie zur Tür.

Draußen sagte Verena: »Den hast du dir jetzt aber nicht gerade zum Freund gemacht. Ob das so gut war?«

»Du hast ja recht. Aber ich musste gerade an Kommissar Jäger denken, wie der vor zwei Jahren mit mir umgesprungen ist. Da konnte ich meinen Mund einfach nicht halten.«

»Reg dich nicht auf, jetzt ist es ohnehin nicht mehr zu ändern. Lass uns schnell in die Paul-Wagner-Straße fahren, es ist schon fast vierzehn Uhr. Wenn wir heute noch mit allen Nachbarn sprechen wollen, müssen wir uns beeilen.«

Kurz darauf kamen sie in der ruhigen Wohnstraße an. Sie befragten sämtliche Nachbarn der Fahrwaldts, aber was sie erfuhren, gab ihnen keinerlei Hinweise darauf, was wirklich geschehen war. Wenn die Nachbarn überhaupt etwas sagten, lief es darauf hinaus, dass die Familie Fahrwaldt sehr zurückgezogen gelebt hatte und nichts Verdächtiges aufgefallen war.

Erst um siebzehn Uhr schien sich das Blatt zu wenden, und ausgerechnet Luisa Rauschenbacher, die ältere Dame, deren Aussage zu Annikas Verhaftung geführt hatte, trug dazu bei. Kaum hatte Stefan den Finger von ihrem Klingelknopf genommen, öffnete sich die Tür.

Stolz sagte sie: »Ich habe Sie schon kommen sehen. Schon wieder Polizei? Immer noch wegen dieser – Person?«

»Ja, aber wir sind Privatdetektive und arbeiten im Auftrag von Frau Fahrwaldt.«

Diese Äußerung schien die alte Dame zu irritieren, denn sie starrte Stefan einige Sekunden lang an, bevor Neugier und Schwatzhaftigkeit über ihre Abneigung gegen Annika siegten und sie die jungen Leute hereinbat.

Stefan verdrehte die Augen und sagte leise zu Verena: »Ob das was bringt?«

Diese zuckte nur mit den Schultern und holte ihr Handy aus der Handtasche, um Peter Bescheid zu geben, dass es später würde.

Die alte Dame plauderte unterdessen munter drauflos: »Sie arbeiten für diese Schlampe? Na ja, was soll's. Auch so jemand braucht Verteidigung. Und, ist sie es denn gewesen? Würd mich wirklich nicht wundern, so oft, wie die ihrem Mann Hörner aufgesetzt hat.«

»Wie bitte?«, fragte Verena verwundert nach, denn das war ihr neu.

»Ja, sie hat den lieben langen Tag im Garten auf dem Liegestuhl gelegen und gefaulenzt. Und diese Unordnung erst, die ihr verzogener Bengel gemacht hat. Dieser Krach den ganzen Tag lang, das ist unerträg…«

»Wie war das mit den Hörnern?«, unterbrach Stefan den Redefluss der alten Dame, die drohte, sich immer mehr in Details zu verlieren. »Hat sie nun den ganzen Tag gefaulenzt, oder hat sie ihren Mann betrogen?«

»Beides. Sie hat immer wie die Spinne im Netz darauf gewartet, bis jemand läutet. Dann ist sie mit den Herren im Haus verschwunden. Ich konnte das gut beobachten.«

»Nun, Besuch bittet man üblicherweise hinein«, warf Stefan ein, worauf die alte Dame ihn einige Sekunden lang anstarrte, bevor sie sagte: »Es dauerte Stunden, bis die Männer das Haus verließen und sie wieder in den Garten ging.«

Stefan konnte sich des Eindrucks nicht erwehren, dass die alte Dame etwas verwirrt zu sein schien. Er warf Verena einen schnellen Blick zu. Sie nickte fast unmerklich und fragte: »Wo war Herr Fahrwaldt denn in der Zwischenzeit?«

»Sie machte das nur, wenn er außer Haus war.«

»Woher wissen Sie das so genau?«

»Ich habe es oft genug gesehen«, sagte Luisa Rauschenbacher, die für einen Moment ins Schwimmen kam, bevor sie triumphierend hinzufügte: »Sie tat es meist, wenn er sich mittwochs mit seinen Freunden traf.«

»Was waren denn das so für Leute, die sie empfing?«

»Alles, was so kam. Der Postbote, der Pizza-Service, ein Vertreter, der Mann von der Apotheke und selbst der Pfarrer. Stellen Sie sich das mal vor. So eine schamlose Person ist das.«

Stefan gab Verena ein Zeichen aufzubrechen, denn das hier brachte ganz offensichtlich nichts mehr.

Gerade als sie aufstehen wollten, sagte die alte Frau: »Der Vertreter hat vor zwei Wochen auch an meiner Tür geläutet. Ob er auch mich verführen wollte? Aber ich habe …«

Mitten im Satz brach Frau Rauschenbacher ab und starrte nur noch geradeaus. Verena hatte schon Angst, dass sie die Dame überanstrengt hatten, da kam sie langsam wieder zu sich. Sie sah Stefan und Verena verwundert an, bevor sie sich zu erinnern schien, wer sie waren.

»Ach, die Dame und der Herr von der Polizei sind noch da?«

»Äh, ja«, sagte Stefan und ließ die Frau in dem Glauben, er sei Polizist. »Wie war das nun mit dem Vertreter, der zu Ihnen kam?«

»Welcher Vertreter?«

»Der auch bei Frau Fahrwaldt war.«

»Ein Vertreter war bei ihr?«

Die alte Dame, die nun wieder einen ziemlich klaren Eindruck machte, konnte sich offensichtlich nicht mehr an das erinnern, was sie einige Minuten zuvor erzählt hatte, war sich aber bewusst, dass es sich um eine Unpässlichkeit ihrerseits handelte.

Sie überspielte ihre Verunsicherung damit, dass sie angestrengt ihre Armbanduhr musterte, bevor sie sagte: »Meine Herrschaften, ich muss Sie jetzt bitten zu gehen. Ich bin eine alte Frau und sehr müde. Sie haben mich nun schon stundenlang von meinem Schlaf abgehalten, den ich dringend benötige. Auf Wiedersehen.«

Stefan und Verena wurden von Frau Rauschenbacher, die inzwischen wieder völlig Herrin ihrer Sinne zu sein schien, hinausbegleitet.

Dann fiel die Haustür hinter ihnen ins Schloss.

Auf dem Weg zum Auto sah Stefan auf seine Armbanduhr und sagte: »Wir waren nicht einmal fünfundvierzig Minuten bei Frau Rauschenbacher. Sie meint jedoch, wir hätten sie stundenlang von ihrem Schönheitsschlaf abgehalten. Das Zeitgefühl der alten Dame scheint gewaltig aus den Fugen zu sein.«

»Nicht nur das Zeitgefühl«, sagte Verena und startete ihr Auto.

Während sie Kelkheim entgegenbrausten, meinte Stefan: »Im ersten Moment, als sie den Vertreter erwähnte, dachte ich, wir hätten endlich eine Spur. Aber jetzt …«

»… bin ich nicht einmal mehr sicher, ob es diesen Vertreter überhaupt gab«, ergänzte Verena, und Stefan nickte niedergeschlagen.

Eine gute Dreiviertelstunde später trafen sie in der Pizzeria ein, wo Peter schon eine ganze Weile auf sie wartete.

»Schön, dass ihr auch schon da seid«, rief er ihnen grinsend zu, »gab's denn bei euch etwas Neues?«

»Auf jeden Fall konnten wir uns nicht über mangelnde

Arbeit beklagen«, sagte Stefan und berichtete seinem Kompagnon von ihrem Besuch beim Anwalt, im Polizeipräsidium und der Befragung der Nachbarn.

»Na, da wart ihr aber fleißig«, sagte Peter, bestellte einen weiteren Lambrusco sowie eine Pizza mit Oliven und Sardellen.

Stefan und Verena orderten ebenfalls Lambrusco, entschieden sich aber beide für die *Quattro Stagioni*. Dann zog Stefan die Liste mit den Namen hervor, die Beierlein ihm gegeben hatte.

Peter betrachtete die Liste einen Moment lang und sagte dann: »Die Nummern eins bis fünf können wir erst mal beiseitelassen. Das sind der Pfarrer, die Bäckereiverkäuferin, der Apotheker, die Frau von der Bücherei und die Kassiererin im Lebensmittelmarkt. Nummer sechs auf der Liste, Annikas Freundin, bei der sie am Tatabend war, lassen wir auch erst einmal außen vor. Bleiben Nummer sieben bis neun, der Finanzberater, Dr. Birkenbarth und sein Kompagnon Splittstößer, die wir auf Stufe vier setzen sollten.«

»Stufe vier, was meinst du damit?«, fragte Verena.

»Damit meine ich die Reihenfolge, mit der wir bei der Überprüfung vorgehen sollten. Stufe eins, die Nachbarn, habt ihr heute erledigt, und Stufe drei, die Freunde aus dem Biergarten, machen wir nächsten Mittwoch, da haben wir alle beisammen. Stufe zwei ist der Hausarzt von Alfred und Annika. Um ihn werden wir uns morgen kümmern, sobald die Durchsuchung der Unterlagen im Haus der beiden abgeschlossen ist. Stufe fünf sind die Leute, die ich vorhin genannt habe, und Stufe sechs sind die Eltern der Schulfreunde Svens sowie seine Lehrer. Sie brauchen wir nur zu überprüfen, wenn wir bis dahin keine anderen Anhaltspunkte gefunden haben. So – und nun erzählt mal, was ihr bei euren Nachforschungen herausgefunden habt.«

»Im Grunde nichts«, sagte Stefan, und als er von Frau Rauschenbacher, ihrem sonderbaren Verhalten und den Angriffen auf Annika berichtete, verdrehte Peter verärgert die Augen. Erst als Stefan auf den Vertreter zu sprechen kam, horchte er kurz auf. Sein Interesse erlahmte jedoch augenblicklich wieder, als er hörte, dass sich die Frau kurz darauf nicht mehr an ihre Äußerungen erinnern konnte.

»Einen Moment lang dachte ich, wir hätten eine Spur, aber wie ihr den Gesamtzustand der Frau schildert, bin ich mir nicht einmal sicher, ob es diesen Mann überhaupt gab.«

»Zu diesem Schluss sind wir auch gekommen«, sagte Verena, »aber das bringt uns auch nicht weiter.«

»Das stimmt leider. Trotzdem ist jetzt erst mal Schluss. Ich möchte heute Abend kein Wort mehr über die Arbeit hören.«

»Moment mal, jetzt bist erst mal du an der Reihe. Was hast du denn erreicht?«

»Ach, nicht so viel wie ihr.«

»Wie, noch weniger? Na los, zier dich nicht, rück schon raus damit. Hast du Kommissar Hernandez erreicht?«

»Ja, er will uns bei den Ermittlungen helfen.«

»Hat er einfach so zugestimmt?«

»Es war ein ganzes Stück Arbeit, ihn dazu zu überreden. Aber als ich sagte, wir kämen sonst zum Ermitteln nach Mallorca, war er doch bereit, die Dienstvorschriften zu ignorieren.«

»Na bitte, das ist doch schon mal ein Anfang«, sagte Verena zufrieden.

Sie bestellte eine weitere Runde Rotwein, und sie ließen den Abend ausklingen, ohne ein weiteres Wort über den Fall zu verlieren.

5.

Am nächsten Morgen drängte Peter zur Eile, sodass sie bereits zwanzig Minuten vor zehn vorm Haus der Fahrwaldts ankamen. Umso verwunderlicher, dass ein ziviler Wagen der Darmstädter Kripo schon vor dem Haus parkte. Kaum waren die drei ausgestiegen, da ging auch schon die Fahrertür des anderen Wagens auf, und zu Stefans Überraschung stieg Hauptkommissar Beierlein persönlich aus.

Er kam trotz seiner Körperfülle erstaunlich flink auf die Detektive zu, stellte sich Peter vor und sagte: »Herr Stettner, ich konnte es mir einfach nicht entgehen lassen, Sie persönlich kennenzulernen.«

»Womit habe ich denn das verdient?«

»Ich habe damals über den Fall Barmstedt in der *Kripo heute* sehr viel gelesen. Sie und Ihr Alleingang waren über mehrere Ausgaben hinweg das Titelthema. Ich habe Ihren Mut damals aufrichtig bewundert. Dass Sie das Ganze Ihren Job gekostet hat, wusste ich bis gestern noch nicht.«

»Stefan, musst du denn alles ausplaudern?«

»Ich musste doch irgendwie begründen, wie wir an diesen Auftrag kamen.«

»Ist mir schon klar, war ja auch nicht so ernst gemeint. Aber Herr Beierlein, wie kamen Sie denn darauf, dass Sie mich heute hier antreffen?«

»Ach, ich habe mir gedacht, dass Sie solche wichtigen

Nachforschungen nicht Ihrem Mitarbeiter allein überlassen werden. Egal, wie fest er mit Ihrer Nichte verbunden ist.«

»Gut kombiniert. Aber wir sollten ins Haus gehen. Die Nachbarschaft hängt schon geifernd an den Gardinen und glotzt sich die Augen aus dem Kopf.«

Kommissar Beierlein musste über die treffende Formulierung Peters lachen, sagte: »Okay, gehen wir«, und schloss die Haustür auf.

Als sie in den Flur traten, fragte er: »So, Herr Stettner, wo wollen Sie denn anfangen?«

»Das weiß ich selbst noch nicht genau. Wie Sie vielleicht wissen, kennen sich weder ich noch meine Mitarbeiter hier aus. Setzen wir uns ins Wohnzimmer und lassen die Atmosphäre auf uns wirken.«

Sie saßen noch nicht richtig, da fragte Kommissar Beierlein: »Ich dachte, Sie sind mit Frau Fahrwaldt persönlich bekannt?«

»Herr Kommissar, wenn Sie sich darunter ein intimes Verhältnis vorgestellt haben, muss ich Sie leider enttäuschen.«

Beierlein lief blutrot an und stotterte: »Sie … Sie haben recht, das habe ich gedacht. Schließlich war, oder besser, ist Fahrwaldt nicht mehr der Jüngste.«

»Schlauer Hund«, sagte Peter zur Überraschung seiner beiden Begleiter anerkennend und setzte erklärend hinzu: »Herr Beierlein hat darin ein mögliches Tatmotiv und mich unter Umständen als Mittäter vermutet. Deshalb ist er heute auch persönlich erschienen. Unter dem Vorwand, uns behilflich sein zu wollen, kann er mich unauffällig unter die Lupe nehmen. Es würde mich nicht wundern, wenn einer seiner Kollegen gerade dabei wäre, meine Vergangenheit zu durchleuchten.«

Der Kommissar errötete erneut und sagte vorsichtig: »Danke, das Kompliment geht zurück an Sie. Sie haben mich schnell durchschaut. – Ach ja, wie war das denn nun mit der Bekanntschaft?«

»Hat Ihnen mein Kollege nichts erzählt?«

»Doch, aber ich möchte es von Ihnen gern noch einmal hören.«

»Sie trauen uns immer noch nicht?«, fragte Verena, und der Beamte fragte zurück: »Ist das so verwunderlich?«

»Nein.«

»Okay, dann werd ich mal«, sagte Peter und erzählte dem Kommissar, was damals auf Mallorca geschehen war. »Ich habe mit Frau Fahrwaldt, die damals noch Kronburg hieß, ungefähr vierundzwanzig Stunden verbracht und sie danach nicht öfter als viermal gesehen. Ein Anlass, an den ich mich spontan erinnern kann, ist Michaelas und meine Hochzeit.«

»Schön. Wie ging's denn dann bei Ihnen weiter?«

»Meine Frau war von den Entführern mit einem Drogencocktail ruhiggestellt worden, und als Spätfolge davon erkrankte sie einige Jahre später körperlich und seelisch. Den seelischen Teil hat sie nie überwunden und mich, gut zehn Jahre nach ihrer Befreiung, verlassen. Heute weiß ich, was der Auslöser war. Sie hatte in einer Zeitschrift einen Artikel über die Resozialisierung von Verbrechern gelesen, in dem auch Horst Barmstedt erwähnt wurde. Sie erfuhr, dass ihr Entführer vorzeitig aus dem Gefängnis entlassen würde und vorhabe, sich im Rhein-Main-Gebiet niederzulassen. Das hielt sie nicht aus und wollte nur noch weg. Da sie nicht damit rechnete, dass ich bereit wäre, meinen Beruf für sie aufzugeben, ist sie stillschweigend und ohne eine Spur zu hinterlassen gegangen. Ich habe sie erst diesen

Januar in Australien wiedergefunden. Sie lebt dort in einer neuen Beziehung.«

»Oh«, sagte Beierlein nur, und als nichts weiter kam, fuhr Peter fort: »Nachdem sie mich damals verlassen hatte, bin ich schwer abgestürzt. Ich begann zu trinken und hatte einen schlimmen Autounfall. Da ich aber vollkommen nüchtern war, als ich gegen einen Brückenpfeiler knallte, unterstellte man mir einen Suizidversuch und konnte mich endgültig loswerden, nachdem ich Jahre zuvor schon zur Schutzpolizei rückversetzt worden war. Im vorzeitigen Ruhestand brach ich vollkommen zusammen und schöpfte erst durch Stefan neuen Lebensmut.«

»Wie kam denn das?«

»Stefan wurde von seinem Chef verdächtigt, wertvolle Hölzer im Wert von mehreren Hunderttausend Euro gestohlen zu haben. Wir konnten den Verdacht ausräumen und mithelfen, die wahren Täter zu fassen. Seitdem sind wir als Detektive tätig. Aber um auf Frau Fahrwaldt zurückzukommen – nachdem Michaela gegangen war, hörte ich auch von ihr nichts mehr, bis ich ihr an Pfingsten bei einem Ausflug mit der Frankfurt-Königsteiner Eisenbahn zufällig begegnete.«

»Zufällig?«

»Ja. Und damit Sie nichts Falsches denken: Bei diesem Wiedersehen in Königstein waren auch Alfred Fahrwaldt, Stefan und Verena dabei. Wir gingen zusammen essen, und als wir uns trennten, verabredeten wir, einen Termin für ein Treffen auszumachen. Dazu kam es aber nicht mehr, denn unsere Detektivagentur steckt bis zum Hals in Arbeit, und wir haben es, ehrlich gesagt, verschwitzt.«

»Ist Ihnen bei Ihrer Begegnung mit Herrn Fahrwaldt etwas aufgefallen?«

»Falls Sie seine übertriebene Sparsamkeit meinen, ja.«

»Sparsamkeit ist gut. Ich nenne so etwas ausgeprägten, krankhaften Geiz.«

»Wie auch immer – wir hatten den Eindruck, Frau Fahrwaldt kommt prima damit zurecht.«

»So? – Nun ja, das war's erst mal. Wo wollen Sie denn nun anfangen zu suchen?«

»Ich denke, im Arbeitszimmer, falls es das hier gibt«, sagte Peter und stand auf.

Auch die anderen erhoben sich, und Kommissar Beierlein, der den Weg kannte, ging voraus.

Eine geschlagene Stunde suchten sie intensiv und konzentriert, fanden aber nichts, was sie der Wahrheit näherbrachte. Danach durchkämmten sie noch sämtliche anderen Räume des Hauses, aber das Ergebnis blieb das Gleiche. Selbst das Wohnzimmer, das als Letztes an die Reihe kam, gab nichts her. Alle setzten sich zu einem abschließenden Gespräch noch einmal in die Sitzgruppe, nur Stefan wollte noch nicht aufgeben. Er drehte sich langsam um die eigene Achse und ließ seinen Blick über die Bücherregale an den Wänden schweifen. So übersah er einen am Boden stehenden Zeitungsständer, stolperte darüber und legte sich der Länge nach aufs Parkett.

»Scheiße, verdammte«, knurrte er, während er sich aufrichtete und den schmerzenden Knöchel rieb.

Dass Peter von allen Anwesenden am lautesten lachte, ärgerte ihn ganz besonders. Aber plötzlich begann auch Stefan zu grinsen. Er griff nach einem handschriftlichen Zettel, der aus einer der Zeitschriften gerutscht war, las ihn und hielt ihn Peter entgegen.

»So, vielleicht haben wir nun den Hinweis, den wir schon so lange suchen!«, rief er triumphierend.

»Was ist denn das?«

»Eine Adresse auf Mallorca und eine Notiz, wahrscheinlich von Herrn Fahrwaldt geschrieben.«

»Wie bitte?«, rief nun auch der Kommissar.

»Lesen Sie selbst«, sagte Stefan und reichte dem Beamten den unwichtig aussehenden Notizzettel.

Juan Carlos Perreira, Avenida Barroso, Cala Millor stand da zu lesen, *kommt Mitte August nach Darmstadt. Hoteladresse: City-Hotel am Hauptbahnhof.*

»Das darf doch wohl nicht wahr sein, haben diese Trottel das glatt übersehen! Das gibt heiße Ohren«, brüllte Kommissar Beierlein außer sich vor Wut, nahm sein Handy und rief auf der Dienststelle an.

Der Kollege am anderen Ende der Leitung war zu bemitleiden. Er musste eine Schimpfkanonade über sich ergehen lassen, die nicht von schlechten Eltern war. Aber genauso plötzlich, wie der Kommissar explodiert war, wurde er wieder ruhig und sprach sachlich mit seinem Kollegen. Er gab ihm Namen und Hoteladresse und wies ihn an zu überprüfen, ob und wann Perreira in Darmstadt gewesen war.

Zu Stefan sagte er: »Da hatten Sie den richtigen Riecher. Nur schade, dass wir nicht wissen, wen wir auf Mallorca mit den nötigen Ermittlungen betrauen können.«

»Nichts leichter als das, Herr Beierlein, ich habe ohnehin schon Kontakt mit Kommissar Hernandez von der Mordkommission in Palma de Mallorca aufgenommen. Er wird im früheren Umfeld von Alfred Fahrwaldt für mich ermitteln.«

»Meinen Sie, der tut das? Sind Sie befreundet?«

»Das wohl weniger. Er war damals der ermittelnde Beamte vor Ort. Schon allein, um zu verhindern, dass ich erneut ein solches Chaos auf seiner Insel anrichte wie damals, hat er sich bereit erklärt, die nötigen Ermittlungen zu übernehmen. Ich werde ihn noch einmal anrufen und ihm den Namen durchgeben.«

»Unterrichten Sie mich über das Ergebnis?«

»Selbstverständlich. Rufen auch Sie mich an, wenn Ihr Kollege zurück ist?«

»Klar mach ich das.«

»Hier ist unsere Karte, da stehen alle Nummern drauf. Mobil, geschäftlich und privat. Aber jetzt müssen wir los, wir wollen noch mit Herrn Fahrwaldts Hausarzt reden.«

»Tun Sie das. Aber ich glaube, das bringt nicht allzu viel, denn der alte Herr war kerngesund.«

»Das haben wir auch gehört. Aber man kann ja nie wissen. – Vielen Dank, dass wir uns hier umsehen durften«, sagte Peter und verließ mit Stefan und Verena das Haus.

Auf dem Weg zum Auto sagte er nachdenklich: »Kommissar Beierlein ist ein schlauer Fuchs. Ich hatte die ganze Zeit über das Gefühl, dass er uns belauert, da er uns nicht über den Weg traut.«

»Ja, so ging es mir auch«, sagte Verena, und Stefan startete das Auto.

Ohne ein weiteres Wort zu sagen, fuhren sie in die Herrengartenstraße am südlichen Ende der Orangerie. Sie gingen zu dem großen, älteren Haus hinüber, in dem Dr. Steuernagel seine Praxis hatte, und sahen sofort, dass keine Sprechstunde mehr war. Die Rollläden an den Fenstern der Praxis wurden gerade heruntergelassen.

»Das ist gar nicht mal schlecht«, sagte Peter, »dann hat er mehr Zeit, um mit uns zu sprechen.«

Dass dem nicht so war, erfuhren sie nur eine Minute später, als eine ungefähr fünfzigjährige Frau aus dem Haus kam und sorgfältig abschloss.

Peter fragte sie nach dem Arzt, und die Frau, die sich als seine Sprechstundenhilfe vorstellte, erklärte bedauernd: »Die Praxis ist seit zwanzig Minuten geschlossen. Gehen Sie zu seiner Vertretung, Herrn Dr. Pressmann, in der Kiesbergstraße. Er hat gerade Sprechstunde.«

»Oh, das ist ein Missverständnis. Wir müssen zwar mit Dr. Steuernagel sprechen, aber wir kommen nicht als Patienten. Wir sind Privatdetektive und müssten ihn dringend zum Fall Fahrwaldt befragen«, stellte Stefan klar.

»Ach, der arme Herr Fahrwaldt. Ich kann noch gar nicht fassen, was seine Frau ihm da angetan hat. So habe ich sie nicht eingeschätzt. Aber der Doktor kann Ihnen schon wegen der Schweigepflicht …«

»Wir wollen auch nur ganz allgemein mit ihm reden.«

»Auch dann wird er Ihnen nichts erzählen können.«

»Warum denn nicht?«, fragte Verena misstrauisch, und die Frau sagte fast schon triumphierend: »Weil er in den Urlaub gefahren ist. Vielleicht haben Sie, als Sie angekommen sind, ein Wohnmobil aus der Einfahrt kommen sehen? Das war er, zusammen mit seiner Frau.«

Peter dachte kurz nach und sagte dann: »Ja, ich habe ein Wohnmobil wegfahren sehen. Aber wie hat er das gemacht? Er hatte vor nicht einmal dreißig Minuten noch Sprechstunde.«

»Das ist gut organisiert. Seine Frau macht am Vormittag das Wohnmobil fertig, und sobald der letzte Patient gegangen ist, zieht der Doktor sich um, schaltet sein Handy aus, und los geht's. Die beiden fahren jetzt zwei Wochen lang durch Europa, völlig losgelöst von den Alltagssorgen. Sie sind für niemanden zu erreichen.«

»Wissen Sie, wo sie als Erstes hinwollten?«

»Nein, vermutlich wissen sie es selbst noch nicht.«

»Wann kommen sie wieder?«

»Nicht vor dem Einunddreißigsten.«

»Na gut, da kann man nichts machen. Das Gespräch mit dem Doktor war ja nicht ganz so wichtig; vielen Dank trotzdem.«

Nur eine Stunde später saßen sie bereits bei Peter im Wohnzimmer. Er hatte schon Kommissar Hernandez angerufen und ihn darum gebeten, Juan Carlos Perreira besonders gründlich zu überprüfen. Hernandez hatte sich erstaunlich schnell bereit erklärt, der Sache nachzugehen.

»Was machen wir jetzt?«, fragte Stefan nach einer Weile, die sie schweigend dagesessen hatten.

»Ausruhen, denn wir werden noch genügend Arbeit mit dem Fall haben, wenn wir Annika bis zum Prozessbeginn freibekommen wollen. Sollte sich die Spur nach Mallorca als heiß erweisen, hat Kommissar Hernandez schlechte Karten. Dann werden wir zwei nach Mallorca fliegen.«

»Wie? Hab ich das jetzt richtig verstanden?«, entrüstete sich Verena. »Ihr wollt euch ein paar schöne Tage im Süden machen, und ich darf hierbleiben?«

»Schöne Tage werden das bestimmt nicht«, sagte Peter, und Stefan setzte hinzu: »Außerdem musst du ab Montag wieder zur Arbeit. Dein Job ruft schon ganz laut nach dir.«

»Da hast du dich aber geirrt, Stefan. Ich habe meinen Chef bereits gestern angerufen und um drei weitere Tage Urlaub gebeten; er hat zugestimmt.«

Peter brachte ein riesiges Tablett mit Brot, Brötchen, Wurst, Käse und Butter aus der Küche.

»So, jetzt essen wir erst einmal zu Abend, und anschließend werde ich Kommissar Beierlein anrufen. Der hat wohl total vergessen, uns zu informieren.«

»Vergessen trifft's genau«, sagte Stefan grinsend und angelte sich ein Brötchen.

In der nächsten halben Stunde sprach keiner von ihnen ein Wort, und sie futterten, als wären sie am Verhungern gewesen. In gewisser Weise traf das ja auch zu, hatten sie doch seit dem Frühstück nichts mehr bekommen.

Es war schon neunzehn Uhr, als Peter sein Besteck beiseitelegte und den Kommissar anrief.

»Ach, Herr Stettner, Sie habe ich glatt vergessen«, klang es ihm prompt entgegen, »so viel Arbeit haben wir hier. Sie haben aber Glück, dass Sie mich überhaupt noch erreichen, denn eigentlich habe ich schon seit zwei Stunden Feierabend. Morgen hätte ich mich bestimmt gemeldet. Aber was hat sich bei Ihnen ergeben? Haben Sie den Kollegen auf Mallorca erreicht?«

»Hab ich, er wird sich drum kümmern. Und nun erzählen Sie, was Ihr Kollege im City-Hotel herausgefunden hat.«

»Nichts. In den letzten Wochen ist weder Perreira noch ein anderer Mallorquiner dort abgestiegen. Allerdings hat Perreira vom dreiundzwanzigsten bis siebenundzwanzigsten August reserviert. Wir werden zur Sicherheit auch alle anderen Hotels in Darmstadt und Umgebung überprüfen; aber das kann einige Tage dauern und wird vermutlich nichts bringen. Warten wir ab, was Hernandez herausfindet. Ich für meinen Teil vermute, dass die Spur im Sande verläuft, da sich herausstellen wird, dass Frau Fahrwaldt die Täterin ist. Tschüs.«

Peter fühlte sich überfahren, so schnell hatte Beierlein aufgelegt.

»Stefan, Verena, mein Gefühl sagt mir, dass er mit dem ersten Teil seiner Theorie recht behält. Die Spur nach Mallorca wird bestimmt im Sand verlaufen. Aber dass Annika die Täterin ist, kann er sich abschminken.«

»Warum meinst du, dass uns Mallorca nicht weiterbringt?«

»Es ist nur so ein Gefühl, aber dass Perreira ganz offiziell ab dem Dreiundzwanzigsten ein Zimmer gebucht hat, deutet nicht gerade darauf hin, dass da etwas nicht stimmt.«

»Das könnte auch ein Ablenkungsmanöver sein.«

»Könnte es, aber ein ziemlich dummes. Denn offiziell in Erscheinung zu treten wäre in diesem Fall ein völlig unnötiges Risiko. Hätte er etwas mit dem Anschlag auf Alfred zu tun, wäre er besser, ohne sich bei ihm anzukündigen, mit dem Auto angereist, was angesichts der fehlenden Grenzkontrollen kaum ein Entdeckungsrisiko gewesen wäre. Er hätte im Wagen übernachten, die Sache durchziehen und genauso lautlos wieder verschwinden können, wie er gekommen ist. Für mich passt das alles nicht zu dieser Tat.«

»Vielleicht war es nicht geplant.«

»Dann hätte es auch kein Ablenkungsmanöver geben können.«

»Du hast ja recht. Aber hier einfach nur bis Montag rumzusitzen und auf Hernandez' Nachricht zu warten, ist mir zu dumm.«

»Mir auch«, stimmte Verena zu, »immerhin muss Annika das Wochenende im Gefängnis verbringen.«

»Ich fürchte, es ist nicht das Letzte, das sie dort verbringt. Wenn wir nicht bald einen Beweis für ihre Unschuld finden, wird's brenzlig.«

»Was sollen wir machen?«

»Verena, außer zu telefonieren können wir im Moment rein gar nichts tun.«

»Telefonieren, telefonieren, immer wieder nur telefonieren! Was Besseres fällt dir wohl auch nicht mehr ein, Onkel Peter.«

»Im Moment wirklich nicht. Aber gleich morgen früh werden wir Kontakt zu Alfreds Kumpels aus dem Biergarten aufnehmen und sehen, wie sie zu Annika stehen. Es ist wichtig zu wissen, ob sie für oder gegen sie eingestellt sind.«

»Wieso?«

»Wenn sie für Annika Partei ergreifen, ist zu erwarten, dass sie gründlicher nachdenken und mithelfen, nach Entlastungsmaterial suchen. Wir können jeden Verbündeten im Kampf gegen die Zeit brauchen. Ich werde dann versuchen, sie schon für den Montagabend im Biergarten zusammenzutrommeln. Wir können unmöglich bis Mittwoch warten und weitere zwei Tage ungenutzt verstreichen lassen.«

»Na, das ist doch schon mal ein Ansatz«, lobte Stefan, »aber seid mir nicht böse, wenn ich jetzt schlafen gehe. Der Tag war hart, und ich bin müde.«

»Ich auch«, stimmte Verena ein, und auch Peter gähnte heftig. Obwohl es noch nicht einmal zehn Uhr abends war, war auch er vollkommen geschafft.

Am Samstagmorgen noch vor neun Uhr saß Peter schon im Wohnzimmer und hatte den Telefonhörer in der Hand. Stefan und Verena schlummerten noch selig, als er die oberste der sechs Telefonnummern, die unter der Rubrik ›Freunde‹ auf seinem Zettel standen, wählte.

»Niederegger«, meldete sich nach dreimaligem Läuten eine verschlafene Stimme.

»Spreche ich mit Herrn Walter Niederegger?«, fragte Peter.

»Ja. Was gibt's?«, fragte die Stimme nun schon wesentlich wacher.

»Mein Name ist Peter Stettner, ich bin Privatdetektiv und im Auftrag von Frau Annika Fahrwaldt tätig.«

»Soll das heißen, dass sie unschuldig ist?«, rief der Mann aus, und man spürte förmlich, dass er nun hellwach war.

»Wie kommen Sie darauf?«

»Sonst bräuchte sie eher einen guten Strafverteidiger, aber keinen Detektiv.«

»Sie hat uns engagiert, um den wahren Täter zu finden.«

»Ich kann es mir ja nur schwer vorstellen, dass sie ihren Mann hinterrücks mit einem Hammer niedergeschlagen haben soll. Aber darüber gehen die Meinungen in unserer Clique auseinander.«

»Das heißt, einige von Ihnen halten sie für schuldig?«

»Allerdings. Ohne Alfred sind wir sechs Leute, davon sind zwei von ihrer Schuld überzeugt, ich war bis vorhin zweifelnd, und drei glauben fest an ihre Unschuld.«

»Das ist eine interessante Mischung. Sie hatten Zweifel, sagten Sie, und jetzt?«

»Jetzt tendiere ich eher zu unschuldig. Aber wie können wir ihr helfen?«

»Wäre es möglich, dass Sie sich ausnahmsweise schon am Montagabend im Biergarten treffen? Ich und meine Kollegen kommen dann auf ein Bier zu Ihnen und würden einige Fragen stellen, geht das?«

»Aber klar, allerdings wird einer von uns nicht da sein. Jörg hat seit Monaten mit seiner Frau eine Flusskreuzfahrt geplant und schippert jetzt irgendwo auf der Donau dem Schwarzen Meer entgegen. Er weiß noch nicht, was passiert ist, wir wollten ihm die Reise nicht verderben.«

»Das kann vorerst auch so bleiben. Gehört er zur Pro- oder zur Contra-Fraktion?«

»Er ist eindeutig für Frau Fahrwaldt. Man könnte sogar sagen, er ist unter uns sechsen eindeutig ihr größter Fan«, sagte Niederegger, und man konnte förmlich spüren, wie er grinste.

»Okay, dann treffen wir uns am Montagabend um achtzehn Uhr am Eingang zum Biergarten«, sagte Peter und beendete das Gespräch.

Stefan und Verena, die inzwischen heruntergekommen waren und die letzten Sätze mit angehört hatten, waren froh, dass es nun endlich weiterging, und Stefan sagte: »Wenn Hernandez jetzt noch etwas früher anruft, ist das Wochenende gerettet.«

»Hoffen wir das Beste«, stimmte Peter ein und ging in die Küche hinaus, um Kaffeewasser aufzusetzen.

Den Rest des Samstags und den ganzen Sonntag verbrachten sie damit, abwechselnd die Buchführung umzukrempeln und das Telefon anzustarren. Aber es blieb still bis zum Montagmorgen, kurz nach zehn Uhr.

Peter ließ die Hand vorschnellen, angelte sich den Hörer, hatte kurz darauf Hernandez Stimme im Ohr und fragte: »Was haben Sie herausgefunden?«

»Nichts. Zumindest nichts für Sie. Dieser Perreira ist ein unbescholtener Bürger, fast achtzig Jahre alt, solide vermögend und in keinerlei krumme Geschäfte verwickelt. Aber was vielleicht am Wichtigsten ist, er hat die Insel seit gut zwei Jahren nicht mehr verlassen.«

»Wie hat er denn auf die Nachricht reagiert, dass Alfred Fahrwaldt niedergeschlagen und lebensgefährlich verletzt wurde?«

»Er war tief erschüttert. Denn Fahrwaldt ist, wie er mir versicherte, in den gemeinsamen Jahren auf Mallorca sein bester Freund geworden. Sie sind mit der gleichen Fähre hier angekommen, er aus einem winzigen Kaff an der portugiesischen Grenze und Alfred aus Deutschland. Beide hatten gerade ihre Firmen verkauft und sich zur Ruhe gesetzt. Im Übrigen hat Alfred seine Frau über Perreira kennengelernt.«

»Das hört sich ja wirklich nicht gerade verdächtig an.«

»Nein, zumal Señor Perreira sagte, dass er auf jeden Fall nach Deutschland fliegen werde, um seinem Freund beizustehen. Einige Stunden später hat er selbst allerdings einen Herzanfall erlitten und liegt seitdem im Krankenhaus von Manacor. Der Anfall war nicht lebensbedrohlich, und er wird nächste Woche bereits wieder entlassen, aber an einen Flug nach Deutschland ist bis auf Weiteres nicht zu denken.«

»Richtig, das sieht wirklich nicht so aus, als ob er etwas mit dem Mordanschlag zu tun hätte«, sagte Peter und beendete das Gespräch.

Stefan und Verena waren inzwischen ins Wohnzimmer gekommen, und Verena sagte: »Du hattest recht, die Spur nach Mallorca ist gar keine. Was machen wir denn nun?«

»Nach dem Frühstück setzen wir uns mit Kommissar Beierlein in Verbindung. Er wollte schließlich wissen, was Hernandez herausgefunden hat.«

»Müssen wir das tun? Schließlich hat Beierlein uns auch hängen lassen.«

»Leider. Mich hat sein Verhalten auch ganz schön geärgert, das kannst du mir glauben. Aber wir Privatdetektive sitzen der Polizei gegenüber immer am kürzeren Hebel. Die können uns das Leben schwerer machen, als es uns lieb ist. Beim Dezernat-OK ist das früher auch nicht anders gelaufen.«

»Aber müssen wir deshalb gleich springen?«

»Nein, darum rufen wir ihn ja auch erst nach dem Frühstück an«, sagte Peter grinsend und ging in die Küche, um Kaffee und Brötchen zu holen.

Sie frühstückten in aller Ruhe, und als sie den Kommissar anriefen, standen die Zeiger der Wanduhr bereits auf kurz nach halb eins. Peter berichtete Beierlein ausführlich von dem Gespräch mit Hernandez.

»Na, was sagen Sie denn dazu?«

»Nichts.«

»Was soll denn das heißen?

»Das bedeutet, es ist genau das herausgekommen, was ich vermutete. Außerdem heißt es, dass ich den Inhalt des Gesprächs schon kannte.«

»Haben Sie uns abhören lassen?«

»Nein, ich habe selbst Kontakt mit Hernandez aufgenommen, denn ich kann mich ja schlecht auf das verlassen, was Sie mir sagen. Außerdem konnte ich so überprüfen, wie sehr Sie sich der Wahrheit verpflichtet fühlen.«

»Na vielen Dank!«, giftete Peter ins Telefon, »wie ist der Test denn ausgefallen?«

»Sehr positiv. Unter diesen Umständen können wir weiter zusammenarbeiten. – Ach ja, Herrn Fahrwaldt geht es schlechter. Nach Auskunft der Ärzte ist täglich mit seinem Ableben zu rechnen.«

»Oh nein. Bisher hatte ich gegen jede Vernunft noch gehofft, dass er wieder aufwacht. Und auch, dass seine Aussage etwas zur Klärung beiträgt.«

»Ich ehrlich gesagt auch, aber damit war ja nicht zu rechnen. Nun, die Beweislage gegen Frau Fahrwaldt ist auch so eindeutig genug.«

»Moment mal, so schnell schießen die Preußen nicht. Wenn wir Alfreds Clique befragt haben …«

»Können Sie sich sparen, das haben wir schon ohne den geringsten Erfolg gemacht.«

»Es kommt immer darauf an, ob man die richtigen Fragen stellt«, sagte Peter grinsend und beendete das Gespräch.

Danach legten die drei noch eine Gedankenrunde ein, das hieß, sie bleiben stumm, in bequemer Haltung sowie mit meist geschlossenen Augen im Wohnzimmer sitzen und riefen sich die Ereignisse der letzten Tage noch einmal ins Gedächtnis zurück. Das machten sie bei schwierigen Fällen gelegentlich, denn manchmal fiel ihnen dann ein Detail auf, das sie vorher übersehen hatten. Anschließend diskutierten sie darüber.

Aber dieses Mal blieb die Runde stumm, bis Peter fragte: »Sagt mal, wie spät ist es eigentlich?«

Verena sah zur Uhr hinüber und erschrak. »Verdammt, es ist schon zwanzig vor fünf. Wenn wir um achtzehn Uhr im Biergarten sein wollen, müssen wir uns beeilen.«

6.

Gemütlich schlenderten sie zum Eingangstor, wo bereits fünf gesetzte Herren zwischen sechzig und siebzig auf sie warteten.

Peter ging offensiv auf die Gruppe zu und sagte: »Kommen Sie, gehen wir hinein. Bei einem Bier plaudert es sich entspannter.«

Das ließen sich die »Schluckspechte«, wie sie sich nannten, nicht zweimal sagen. Sie nahmen ihren Biergarten wie gewohnt in Besitz, schoben kurzerhand zwei Tische zusammen und setzten sich. Peter, Verena und Stefan setzten sich zu ihnen, und als die Bedienung an den Tisch kam, bestellte Peter eine Runde Weißbier für alle.

Erwartungsvoll starrten die Männer die Detektive an, bis einer fragte: »So, was wollen Sie denn nun von uns wissen?«

»Ist Ihnen an Alfred Fahrwaldt in der letzten Zeit etwas aufgefallen, das sonderbar war, oder irgendwie anders als sonst?«, steuerte Stefan direkt aufs Ziel los.

Die fünf verneinten im Chor, und einer, der anscheinend ihr Wortführer war, sagte: »Aber das hat uns die Polizei auch schon gefragt.«

»Wer von Ihnen ist denn eigentlich wer, und wie alt sind Sie?«, fragte Peter, der sich ein Bild von der Runde machen wollte.

»Ich bin Bernd Hochstädter«, begann der Wortführer, »ich bin sechsundsechzig Jahre alt und habe diese Runde hier vor zehn Jahren, als ich in Rente ging, ins Leben gerufen.«

»Ich bin Willi Trepczik«, sagte der Mann neben ihm, »und nach unserem Alfred, der das Ganze hoffentlich überleben wird, der zweitälteste. Ich bin einundsiebzig und sozusagen das zweite Gründungsmitglied.«

Der Mann neben ihm war offensichtlich jünger und stellte sich als Hellmuth Breitwieser vor. Er war erst neunundfünfzig Jahr alt, wohnte im gleichen Haus wie Bernd Hochstädter und war nach seiner Frühpensionierung dazugestoßen.

Danach war Werner Niederegger, der dreiundsechzig Lenze zählte, an der Reihe, und zum Schluss stellte sich der vierundsechzigjährige Hartmut Thiele vor. Er war ein Bekannter von Willi Trepczik und ebenfalls nach seiner Pensionierung vor annähernd vier Jahren zu den »Schluckspechten« gekommen.

Kaum hatte Thiele die Vorstellungsrunde beendet, da ergriff wieder Bernd Hochstädter das Wort: »Außer unserem Alfred, der ja leider nicht teilnehmen kann und seit annähernd sechs Jahren bei uns ist, sowie unserem Jüngsten, Jörg Altmann, haben Sie nun alle kennengelernt. Jörg ist fünfundfünfzig, seit gut zwei Jahren dabei und, wie Sie ja schon wissen, im Moment auf Reisen. Aber was genau wollen Sie uns denn fragen?«

»Wenn wir das selbst so genau wüssten«, sagte Peter verlegen grinsend, »wären wir dem Täter vermutlich schon sehr viel näher gekommen. Erzählen Sie einfach alles, was Ihnen zu Alfred Fahrwaldt einfällt. Vielleicht ist irgendetwas dabei, was sich bei näherer Betrachtung als Spur entpuppt.«

Danach unterhielten sich die Detektive noch fast vier Stunden mit Alfred Fahrwaldts Freunden, ohne dass dabei auch nur der kleinste Anhaltspunkt zutage gefördert worden wäre, der Annika hätte zur Freiheit verhelfen können. Die einzigen Ergebnisse des Abends waren die Erkenntnis, dass sie so schnell wie möglich mit Jörg Altmann reden mussten und dass weder Stefan noch Verena in der Lage waren, nach Hause zu fahren. Diesen Part übernahm Peter, der zwar auch nicht mehr nüchtern genug für eine Polizeikontrolle war, aber als einziger der ganzen Runde noch gerade gehen konnte.

Am nächsten Vormittag, die drei Detektive waren im Büro und bereiteten sich darauf vor, die nächsten Personen auf der Liste zu befragen, sagte Stefan: »Peter, mir kommt da eine Idee. Könnte nicht einer der ›Schluckspechte‹ der Täter sein?«

»Darüber habe ich auch schon nachgedacht«, antwortete Peter, »aber ich habe den Gedanken inzwischen wieder verworfen.«

»Wieso?«

»Erstens sind die sieben, wenn man Alfred mitrechnet, eine derart verschworene Gemeinschaft; wenn einer von ihnen den Mordversuch begangen hätte, wäre das den anderen nicht verborgen geblieben.«

»Und wenn sie einen decken oder es alle zusammen waren?«

»Dann hätten sie sich gestern, als keiner von ihnen mehr klar denken konnte, bestimmt verraten. Was meinst du wohl, warum ich mich den ganzen Abend an zwei Gläsern Weißbier festgehalten habe? Ich habe immer wieder geschickte Fangfragen eingestreut und ihre Reaktion getestet. Glaub mir, die sind unschuldig wie die Lämmer.«

»Mist, verdammter.«

»Stimmt. So, und nun fahren wir wieder nach Darmstadt und befragen die restlichen Leute.«

Gesagt, getan. Sie befragten an diesem Vormittag alle verbleibenden Personen vom Finanzberater der Sparkasse bis zum katholischen Pfarrer der örtlichen Kirchengemeinde, der schließlich, glaubte man der verwirrten Nachbarin, mit Annika intim verkehrt haben sollte.

Es stellte sich heraus, dass der Pfarrer tatsächlich längere Zeit im Hause Fahrwaldt verbracht hatte, wenn auch der Grund dafür weit weniger anrüchig war, als die ältere Dame vermutet hatte. Annika Fahrwaldt hatte mit dem Geistlichen lediglich über die bevorstehende Erstkommunion ihres Sohnes Sven im kommenden Jahr gesprochen. Dass der Priester von den vermögenden Fahrwaldts vergeblich eine kleine Spende für die Kirche erwartet und Sven deshalb bevorzugt behandelt hatte, war offensichtlich bei Weitem kein Grund für einen Mord.

Am Ende ihres Arbeitstages wurde selbst Peter, der bislang nie daran gezweifelt hatte, dass sie Annika freibekommen würden, immer verzagter, und als am frühen Abend, nach der Tagesschau, auch noch Dr. Birkenbarth anrief, sank nicht nur seine Stimmung bis weit unter den Nullpunkt.

Kaum hatte Peter den Hörer abgenommen und den Lautsprecher am Telefon eingeschaltet, ertönte die Stimme des Strafverteidigers.

»Was gibt es denn, dass Sie um diese Zeit anrufen?«, fragte Peter misstrauisch.

»Nichts Gutes, fürchte ich. Alfred Fahrwaldt ist heute um achtzehn Uhr dreißig verstorben, ohne das Bewusstsein wiedererlangt zu haben.«

»Oh, Scheiße!«, rief Peter laut, und auch seinen Mitarbeitern war klar, was das bedeutete.

Die Anklage würde nun nicht mehr auf versuchten Mord lauten.

Prompt bestätigte der Anwalt: »Ich habe das in einem Gespräch mit der Staatsanwaltschaft erfahren. Da ich den leitenden Staatsanwalt noch vom Studium her kenne, hat er mir vorab schon einmal verraten, dass für Freitag, den siebten September, der Prozessbeginn festgesetzt wurde und mit einer Dauer von sechs Tagen zu rechnen ist.«

»Danke für Ihre Mitteilung, Herr Birkenbarth, dann wird die Luft jetzt wirklich dünn«, sagte Peter niedergeschlagen, und nicht nur der Anwalt wunderte sich, wie sehr Peter Stettner sich alles zu Herzen nahm.

»Herr Stettner, gibt es denn bei Ihnen etwas Neues?«

»Nein, absolut nichts, das ist ja das Schlimme.«

»Am Ende war sie es doch?«

»Sagen Sie so etwas nicht. Sie sind schließlich ihr Verteidiger. Wenn Sie nicht an ihre Unschuld glauben, hat sie gar keine Chance mehr freizukommen.«

»Was glauben denn Sie?«

»Ich versuche zumindest, an die Unschuld von Frau Fahrwaldt zu glauben«, sagte Peter mit brüchiger Stimme, »aber wenn am Freitag ein letzter Freund Alfreds aus dem Urlaub zurückkommt und sich auch dann keine neuen Aspekte ergeben, wird es ernst. Dann muss Annika Fahrwaldt auf einen klugen Richter und auf Ihre Strategie hoffen. Drücken Sie uns die Daumen, dass bei diesem Gespräch etwas Greifbares herauskommt.«

»Das werde ich. Unterrichten Sie mich, wenn Sie mit ihm gesprochen haben?«

»Das machen wir. Sind Sie am Samstag im Büro?«

»Mindestens bis zum Mittag. Aber ein Tipp, Herr Stettner, nehmen Sie sich das Ganze nicht so sehr zu Herzen, das vernebelt den Verstand.«

»Mach ich aber trotzdem«, sagte Peter grimmig, nachdem er aufgelegt hatte, »auch wenn dieser Depp das nicht versteht.«

»Was ist denn mit dir los?«, fragte Stefan, und Verena schickte hinterher: »Im Grunde hat Dr. Birkenbarth doch recht.«

»Ach, lasst mich, ich bin müde. Wir sollten Feierabend machen«, sagte Peter patzig, und mit seiner schlechten Laune trieb er die beiden innerhalb weniger Minuten hinauf in Stefans Wohnung.

Er konnte ihnen ja unmöglich eingestehen, was er sich nicht einmal selbst einzugestehen wagte: dass er seit jenem Tag in Königstein nahezu unablässig an Annika Fahrwaldt denken musste.

Die nächsten Tage verbrachten sie damit, etwas Geld zu verdienen. Sie führten im Auftrag von Dr. Pfannmöller einige Befragungen durch und erledigten quasi im Vorbeigehen einen Beschattungsauftrag in einer Scheidungssache, den sie auf ihrem Anrufbeantworter vorgefunden hatten.

Endlich war es so weit. Als Verena am Freitagnachmittag von der Arbeit kam, stiegen sie in Peters Auto und fuhren schweigend dem Treffen mit den nun vollzähligen »Schluckspechten« entgegen. Peter, der es am wenigsten erwarten konnte, den Mann zu befragen, prügelte seinen Wagen mit aberwitziger Geschwindigkeit durch den dichten Feierabendverkehr auf der Autobahn. Aber als er mit nahezu unverminderter Geschwindigkeit nach Darmstadt hineinraste, sah Stefan sich gezwungen, einzugreifen.

»Denk dran, Peter, da vorn an der Ampel musst du vorsichtig sein, da haben wir beim letzten Mal die Radarfalle entdeckt.«

Peter stieg voll in die Eisen, da die Ampel gerade auf Rot umsprang. »Gut, dass du mich daran erinnert hast«, seufzte er.

Seine Nerven waren zum Zerreißen gespannt, sodass er während der gesamten Rotphase mit den Fingern auf dem Lenkrad herumtrommelte. Damit machte er auch die anderen beiden verrückt. Endlich wurde es grün, Peter trat das Gaspedal wieder bis zum Anschlag durch und bog wenig später mit quietschenden Reifen in die Kasinostraße ein. Kurz darauf waren sie angekommen.

Beim Aussteigen sagte er: »Überlegt euch, wer nachher nach Hause fahren will, ich mache es jedenfalls nicht. Heute genehmige ich mir mal ein Bierchen mehr.«

Da sie dank Peters rasanter Fahrweise viel zu früh angekommen waren, ging er zielstrebig in den Biergarten hinein und setzte sich an einen Tisch, in dessen Nachbarschaft noch viele frei waren. Als fünfzehn Minuten später die »Schluckspechte« in voller Restbesetzung erschienen, hatte Peter bereits das zweite Hefeweizen am Wickel. Die Männer rückten, ohne lange zu zögern, zwei Tische dazu und bestellten ebenfalls Weißbier; dann stellte Jörg Altmann sich vor: Er sei mit fünfundfünfzig Jahren der Jüngste in der Runde und treffe sich mit den »Schluckspechten« seit zwei Jahren. »Sie sind also die Detektive, die Annika entlasten wollen?«

»Ja«, sagte Peter nur und hakte sogleich nach: »Sie nennen Frau Fahrwaldt Annika? Sind Sie denn mit ihr per Du?«

»Ja, aber im Grunde sind wir das alle. Die wenigen Male, da Annika, äh, Frau Fahrwaldt ihren Mann begleitet hat,

hat sie uns immer das Du angeboten. Außer mir hat sich nur niemand getraut, es anzunehmen.«

»Wie du Alfreds Frau angehimmelt hast, das war ja schon fast peinlich«, meinte Willi Trepczik und knuffte seinem Kumpel freundschaftlich in die Seite.

»Sind Sie in Frau Fahrwaldt verliebt?«

»Nein, nein«, wiegelte Altmann schnell ab, »damit da keine falschen Verdachtsmomente gegen mich entstehen, das ist unter der Rubrik ›harmlose Schwärmerei‹ einzuordnen. Ich hätte Alfred doch niemals die Frau ausgespannt – selbst wenn ich nicht glücklich verheiratet wäre.«

Peter löcherte den Mann in den folgenden zwei Stunden mit allerlei Fragen und fühlte ihm, nicht immer ganz taktvoll, auf den Zahn, aber man merkte deutlich, dass Altmann sich alle Mühe gab, korrekt und gewissenhaft zu antworten. Aber auch diesmal war es wie verhext: Das einzige Ergebnis des Gesprächs war, dass Peter fünf Gläser Weißbier vernichtet hatte.

Das war der Moment, da selbst er bereit war zu kapitulieren. Während Jörg Altmann zur Toilette ging, leerten die Detektive niedergeschlagen ihre Gläser und wollten sich gerade verabschieden, da kam der jüngste »Schluckspecht« mit seltsam staksigen Schritten zurück.

Bernd Hochstädter fragte ihn noch einmal eindringlich: »Jörg, denk scharf nach. Ist dir vielleicht noch irgendetwas eingefallen, was du bislang vergessen hattest?«, und Niederegger schob nach: »Es kann auch etwas sein, das dir unwichtig vorkommt.«

Zu ihrer aller Verwunderung sagte er nicht etwa Nein, sondern begann erst zögerlich, dann immer flüssiger zu sprechen: »Äh, ja, vergessen ist vielleicht nicht der richtige

Ausdruck. Auf die Gefahr hin, dass ich mich lächerlich mache und etwas völlig Belangloses aufbausche …«

»Belangloses gibt es in diesem Fall nicht«, unterbrach ihn Peter, der sofort wieder Hoffnung schöpfte und gar nicht erwarten konnte, was Altmann ihnen zu erzählen hatte.

»Also, es war, als ich das letzte Mal vor meiner Abreise auf die Kumpels wartete. Ich war als Erster im Biergarten, da quatschte mich jemand an.«

»So, wer denn?«, fragte nun auch Stefan.

»Es scheint mir belanglos, denn es war ein Vertreter.«

»Ein Vertreter?«, fuhren die Detektive nahezu gleichzeitig hoch.

»Ja, ein stinknormaler Vertreter. So normal, dass ich heute schon gar nicht mehr weiß, für was. Wenn ich allerdings genau darüber nachdenke, fällt mir auf, dass er das überhaupt nicht gesagt hat.«

»Das ist aber sonderbar«, sagte Peter nachdenklich und fragte seine Begleiter: »Irgendwo ist uns doch schon einer begegnet. Zum Donnerwetter, wo war denn das?«

»Ich denke auch schon darüber … Ach ja, jetzt hab ich's!«, rief Stefan. »Die alte Nachbarin der Fahrwaldts hat uns von einem Vertreter, der sie angeblich verführen wollte, erzählt.«

»Genau.«

»Ist diese Frau nicht etwas verwirrt? Ich meine, Alfred hätte mal so etwas erwähnt«, fragte Bernd Hochstädter vorsichtig.

»Das schon, aber sie hat durchaus lichte Momente.«

Peter, den bereits das Jagdfieber gepackt hatte, hielt sich nicht lange mit dem Geisteszustand von Frau Rauschenbacher auf, sondern fragte: »Was hat der Mann im Einzelnen so gesagt?«

»Je länger ich über diese Begegnung nachdenke, umso sonderbarer kommt mir dieses Gespräch vor. Der Vertreter hat im Grunde kein Produkt angepriesen und auch sonst sehr wenig von sich erzählt. Allerdings hat er mir zwei Gläser Bier ausgegeben.«

»Das ist tatsächlich ungewöhnlich«, sagte Verena, »die wollen doch sonst eher Geld einnehmen.«

»Gut gesagt«, lobte Peter und sah Jörg Altmann fragend an.

»Ich dachte, der macht gerade Pause von seinem Job, aber ich war in Gedanken schon so sehr mit der Flusskreuzfahrt beschäftigt, die ich am nächsten Tag mit meiner Frau antreten wollte, da fiel mir das gar nicht weiter auf. Jetzt kommt mir sein Verhalten allerdings seltsam vor.«

»Hat er sonst noch etwas gesagt oder getan, was Rückschlüsse auf seine Identität zulässt?«

»Nicht dass ich wüsste. Nein, halt, gerade als meine Freunde kamen, sagte er hastig, er müsse sich beeilen, damit er seine Tram noch bekommt. Dann stand er auf und ging in Richtung Haltestelle davon.«

»Seltsam«, sagte Peter langsam, »ich glaube, hier könnten wir unseren ersten Hinweis auf den wahren Täter gefunden haben. Denn mir ist ein Vertreter, der jemandem etwas ausgibt, ohne selbst etwas verkaufen zu wollen, ja noch nicht einmal erwähnt, welche Produkte er vertritt, noch nicht untergekommen. Erst recht nicht einer, der mit der Straßenbahn kommt.«

»Mir auch nicht«, stimmte Stefan zu und spann den Faden weiter: »Das könnte einerseits heißen, dass der Mann in Darmstadt wohnt, aber viel eher, dass er von außerhalb kommt.«

»Wie kommst du darauf?«, fragte Peter.

»Schau mal, er ist hier gegen achtzehn Uhr aufgebrochen, da fährt ständig eine Tram zum Luisenplatz, von wo aus man in alle Richtungen in der Stadt umsteigen kann. Da hätte er sich plötzlich nicht derart schnell verabschieden müssen. Wenn er allerdings seinen Zug bekommen musste …«

»… weil er sich vielleicht kein Auto leisten kann, dann bekommt das Sinn«, vollendete Verena.

»Herr Stettner, jetzt weiß ich, warum ausgerechnet Ihr Detektivbüro diesen Fall bearbeitet. Ihre Mitarbeiter sind Spitze. Sie könnten beide recht haben. Der Mann sah auf den ersten Blick aus wie aus dem Ei gepellt: etwa ein Meter fünfundsiebzig, blonde, ins Weiß übergehende Haare, ein Anzug, der gewiss nicht von der Stange war, und Schuhe, die ich mir nicht leisten könnte. Dennoch roch der Mann irgendwie ungepflegt. Ich könnte jetzt nicht sagen, woran ich das noch festmache, aber er wirkte im Nachhinein wie ein Landstreicher auf mich, den man für einen Tag in einen Anzug gesteckt hat.«

»Na prima. Die Stecknadel im Heuhaufen … Ach, und stimmen Sie Stefans Vermutung zu, dass er nicht aus Darmstadt ist?«

»Ja. Denn zum einen bin ich auf der Suche nach Motiven ständig in der Stadt unterwegs und bin mir sicher, ihm noch nie begegnet zu sein. Außerdem klang sein Hochdeutsch so angestrengt.«

»Sie meinen, er wollte seinen wahren Dialekt verbergen?«

»Ja, im Nachhinein sehe ich das so.«

»Okay, das ist schon mal etwas, wenngleich die Beschreibung bestimmt auf fünftausend Leute im Rhein-Main-Gebiet zutrifft. Können Sie sie nicht noch etwas präzisieren?«

»Doch, doch, aber … nein, ich kann einfach keine Leute beschreiben.«

»Aber du kannst sie malen!«, rief nun Hellmuth Breitwieser aus und setzte für die Detektive hinzu: »Jörg war früher ein prima Pflastermaler und in ganz Darmstadt für seine Kunstwerke bekannt. Leider hatte er vor drei Jahren einen schlimmen Motorradunfall, bei dem er sein linkes Bein verlor. Seitdem hat er das Pflastermalen aufgegeben.«

»Ich hab das seit meinem Studium in meiner Freizeit aus Spaß an der Freude gemacht. Aber seit ich mit meinem Handicap leben muss, verkneife ich es mir, mich in der Fußgängerzone auf dem Boden herumzulümmeln. Ich möchte schließlich wegen meiner Malerei gelobt werden und nicht als bemitleidenswerter Krüppel von den Passanten Almosen in den Hut geworfen bekommen.«

»Block und Kugelschreiber habe ich dabei, reicht das?«, fragte Peter, und der Maler grinste.

»Mein Werkzeug habe ich selbst dabei. Wie gesagt, ich habe die Malerei ja nicht aufgegeben. Schließlich habe ich als Frührentner jede Menge Zeit dazu.«

Während er das sagte, zog er einen Block im DIN-A5-Format aus seiner Stofftasche und schlug ihn auf. Stefan, der schräg hinter ihm stand und über seine Schulter sah, staunte nicht schlecht. Das Bild auf dem Block, das einen Sonnenaufgang am See zeigte, war wunderschön.

»Sie sollten Ihre Bilder ausstellen«, sagte er.

»Nächste Woche habe ich meine erste Ausstellung im Rathausfoyer«, erklärte ihm Jörg Altmann stolz, drehte den Block zu den anderen hin und sagte: »Das habe ich heute Morgen gemalt.«

Peter und Verena staunten genau wie Stefan und ließen ihm Zeit, das Porträt des Vertreters aus dem Gedächtnis zu zeichnen. Altmann griff noch einmal in die Stofftasche, holte seine Buntstifte hervor und begann. Es dauerte genau zwanzig Minuten oder noch eine Runde Weißbier, bis das Porträt Jörg Altmanns Ansprüchen genügte. Er riss es aus seinem Block und reichte es Peter, der es beinahe fallen gelassen hätte, so schockiert war er von dem, was er sah.

»Den habe ich schon mal gesehen«, sagte er um Fassung ringend, und als er sich wieder beruhigt hatte, fügte er hinzu: »Ich glaube, in diesem Moment sind wir der Lösung des Falles ein ganzes Stück näher gekommen. Zum ersten Mal haben wir einen Verdächtigen. Wenn ich nur wüsste, warum mir der Mann so verdammt bekannt vorkommt.«

»Gib mal her, vielleicht fällt mir etwas dazu ein«, sagte Verena, sah das Porträt an, nickte dann und reichte es Stefan.

Stefan betrachtete die Zeichnung lange und eindringlich, runzelte die Stirn, gab sie Verena zurück und forderte: »Los, jetzt red schon, mir geht's wie Peter. Aber du scheinst ja mal wieder mehr zu wissen.«

»Berichtigt mich, wenn ich mich irre, aber ist das nicht der Mann, dem wir an Pfingsten in Königstein begegnet sind, als wir Annika und Alfred dort getroffen haben?«

Peter und Stefan fiel die Kinnlade herunter, so verblüfft waren sie, und Peter sagte nach einigen Sekunden: »Mensch Verena, du bist ein Genie. Dass ich da nicht selbst drauf gekommen bin, ist schon … Das ist der Mann, der sich im Imbiss zu uns an den Tisch setzte, weil die Jugendlichen seinen Platz besetzt hatten, während er auf der Toilette war.«

»Ja, das ist er, da gibt es keinen Zweifel«, bestätigte auch Stefan. »Jetzt wissen wir immerhin, dass es jemanden gab, der in den letzten Wochen immer wieder Alfreds Bahnen gekreuzt hat und nicht gerade unverdächtig wirkt. Außerdem können wir nun zu einhundert Prozent davon ausgehen, dass Annika die Wahrheit sagt. Endlich haben wir einen Ansatzpunkt. Ich weiß nicht, wie es euch geht, aber ich brauche jetzt ein Weißbier.«

»Ich auch«, stimmte Verena erleichtert zu, winkte die Kellnerin herbei und bestellte eine weitere Runde für alle.

»Stefan, trink nicht so viel, du musst uns schließlich noch nach Hause fahren«, sagte Peter, aber Verena meinte: »Ich habe eine viel bessere Idee. Wir müssen ohnehin morgen früh zu Dr. Birkenbarth und ihn über die neue Entwicklung in Kenntnis setzen. Außerdem wäre es vielleicht hilfreich, wenn wir Frau Rauschenbacher die Zeichnung vorlegen. Deshalb …«

»Gute Idee, Verena«, unterbrach Peter seine Nichte, aber Stefan fragte zweifelnd: »Hat das überhaupt einen Sinn? Die Alte erinnert sich doch nicht einmal mehr an uns.«

»Es ist nur eine kleine Rückversicherung. Wenn es nichts bringt, ist es auch okay. Aber sie war die Erste, die den Vertreter ins Spiel gebracht hat. Ich sage, wir halten ihr das Bild unter die Nase und sehen, wie sie reagiert. Wenn ihr etwas dazu einfällt, hat Dr. Birkenbarth ein Argument mehr, sobald der Prozess beginnt. – Aber ich habe dich unterbrochen, Verena.«

»Ich wollte vorschlagen, dass wir die Nacht über in Darmstadt bleiben und morgen früh gleich zu Frau Rauschenbacher und zu dem Anwalt fahren. Wenn es schnell geht, schaffen wir es vielleicht noch bis zu Kommissar Beierlein. Ich finde, wir müssen ihn über unsere neuen Erkenntnisse unterrichten. Dann können wir jetzt noch ein bisschen unsere erste Spur feiern und uns dann von einem Taxi zu einem preiswerten Hotel bringen lassen.«

Peter und Stefan stimmten Verenas Plan begeistert zu und bestellten, kaum dass sie ihre Gläser geleert hatten, eine weitere Runde Bier. Auch Alfreds Freunde ließen sich nicht lumpen und gaben einen aus. Als sie gegen halb zwölf ins Taxi stiegen, ließen sie dem Fahrer völlig freie Hand, und er fuhr sie zu einem gemütlichen kleinen Hotel in Bessungen.

Während die Detektive den späten Nachmittag im Biergarten verbrachten, saß der Mann in seinem kleinen, heruntergekommenen Haus und las die Taunus-Zeitung vom Freitag, die er in einer Mülltonne gefunden hatte. Dazu trank er den billigen Wodka, den ihm der Inhaber des Supermarktes, der ihn hin und wieder mit abgelaufenen Lebensmitteln versorgte, geschenkt hatte.

Nun konnte er sich wieder gehen lassen, denn die Anspannung war vorüber, und es würden wahrscheinlich keine zehn Tage vergehen, bis er wieder vollkommen im Alkohol versunken war. Früher hatte er noch hin und wieder mit kleinen Aushilfsjobs etwas Geld verdient, aber auch das ging seit geraumer Zeit nicht mehr. Es war wohl nur noch eine Frage der Zeit, bis man ihn aus seinem eigenen Haus werfen würde.

In einer kurzen Zornesaufwallung fegte er die halb volle Wodka-Flasche vom Tisch, bereute es augenblicklich wieder und versuchte zu retten, was zu retten war, aber die Flasche war bereits am Boden zerschellt.

»Scheiße!«, brüllte er in den leeren Raum hinein, nahm seine Notration vom wackligen Bretterregal in der Ecke, schraubte die Flasche gierig auf und trank einen Schluck, mit dem selbst ein großzügiger Gastwirt vier Gläser gefüllt hätte.

Danach wischte er sich mit dem Handrücken den Mund trocken, setzte sich wieder an den Tisch und las weiter. Die zerbrochene Flasche ließ er am Boden liegen. Die erste Seite interessierte ihn nicht, deshalb blätterte er gleich um. Hier stach ihm sofort eine Schlagzeile ins Auge:

Alfred Fahrwaldts Ehefrau nun unter Mordverdacht

»Geschieht dir recht, du dumme Kuh. Warum musstest du ein solches Schwein heiraten?«, brummte er zufrieden in seinen bereits wieder sprießenden Vollbart, fügte dann aber ärgerlich hinzu: »Scheiße ist allerdings, dass ich ihn nicht richtig getroffen habe. Das hätte genauso gut schiefgehen können. Na ja, es hat sich ja alles noch mal eingerenkt.«

Er genehmigte sich einen weiteren Schluck, ging zu seinem zerschlissenen Sofa und ließ sich darauf fallen. Dass dabei mächtige Staubwolken aufstoben, störte ihn kein bisschen.

7.

Am nächsten Morgen dauerte es verständlicherweise etwas länger, bis die drei sich im Frühstücksraum des Hotels trafen. Sie zwangen sich, das üppige Büffet wenigstens ansatzweise zu nutzen, obwohl sie im Grunde nur an Kopfschmerztabletten interessiert waren.

Gegen zehn brachen sie auf, um das Auto abzuholen und in die Paul-Wagner-Straße weiterzufahren. Da sie dazu zweimal einen Großteil des Stadtgebiets durchqueren mussten, war es schon fast elf Uhr, als sie bei Luisa Rauschenbacher vorfuhren.

Sie stiegen aus und gingen zur Haustür, aber noch bevor sie klingeln konnten, öffnete ihnen die alte Dame und rief: »Ach, die Polizei schon wieder!« Dann wandte sie sich an Peter und sprach ihn an: »Herr Kommissar, was gibt es denn Wichtiges, dass Sie sich persönlich herbemühen?«

Die Detektive hielten es für besser, den Irrtum vorerst nicht aufzuklären. Stattdessen zog Peter die Zeichnung aus der Tasche und hielt sie Frau Rauschenbacher hin. Dazu sagte er: »Was fällt Ihnen zu diesem Bild ein?«

Die alte Dame sah Jörg Altmanns Zeichnung lange an, schüttelte den Kopf und wollte offenbar schon ›Nichts‹ sagen, als sie plötzlich innehielt: »Das ist der Vertreter, von dem ich Ihnen bei Ihrem letzten Besuch erzählt habe. Der mit Frau Fahrwaldt, na ja, Sie wissen schon.«

»Sind Sie da ganz sicher?«, fragte Stefan, der mit einem Schlag hellwach war.

»Aber klar, Herr …«

»Weimershaus.«

»Weimershaus, wie schön. Endlich mal ein anderer Name. Nicht immer nur Müller, Meier, Schulze oder was weiß ich noch.«

»Wie meinen Sie denn das?«, fragte Verena, die ahnte, was die Frau damit sagen wollte.

»Müller, nein Meier, so nannte sich der Vertreter, als er zu mir an die Tür kam. Ob er auch mich verführen wollte? Auf jeden Fall wollte er mich ausfragen.«

»Was fragte er denn so?«

»Alles Mögliche, aber ich bin nicht schwatzhaft. Ich habe ihm nichts, aber auch rein gar nichts erzählt.«

Wer's glaubt, wird selig, dachte Stefan. »Können Sie sich denn noch an die eine oder andere Frage erinnern? Das wäre äußerst wichtig für uns.«

»Aber ja, er fragte lauter dummes Zeug.«

»Wieso? Was denn?«, hakte Peter nach.

»Nun ja, Quatsch eben. Ob ich öffentliche Verkehrsmittel benutze und ob die Haltestellen ausreichend beleuchtet wären. Ich glaube, er wollte mir eine Taschenlampe verkaufen.«

»Hat er Ihnen denn eine angeboten?«, fragte Peter, denn wenn sie eine gekauft hätte, wären vielleicht seine Fingerabdrücke darauf.

Aber Frau Rauschenbacher gab keine Antwort mehr und blickte starr an ihm vorbei auf die Straße.

Peter, der noch keinen ihrer Ausfälle miterlebt hatte, merkte dennoch schnell, dass hier nichts mehr zu holen war, und sagte: »Danke für Ihre Auskünfte, Frau Rauschenbacher. Auf Wiedersehen.«

»Bitte, bitte«, murmelte die Frau mit einiger Verspätung, drehte sich danach wortlos um und schloss die Haustür, ohne die drei noch eines weiteren Blickes zu würdigen. Sie hörten sie im Flur rasch davonschlurfen.

»Na, was war denn das?«, fragte Peter auf dem Weg zum Auto, und Stefan klärte ihn auf: »So war das auch, als wir sie befragt haben. Im einen Augenblick noch ganz klar und im nächsten Moment wie weggetreten. Nur dass sie bei uns innerhalb weniger Sekunden wieder da war.«

»Stellt euch vor, das würde im Zeugenstand passieren. Für die Staatsanwaltschaft wäre das ein gefundenes Fressen. Nun ja, für uns war sie dennoch von Nutzen. Immerhin hat sie den Mann, ohne dass wir ihr etwas in den Mund gelegt haben, als diesen ominösen Vertreter identifiziert. Wir können sicher sein, dass er hier in der Straße war und versucht hat, die Leute auszufragen. Jetzt ist dieser Vertreter schon zum dritten Mal aufgetaucht. Das reicht in meinen Augen, um zu vermuten, dass er zumindest in den Fall involviert, wenn nicht gar der Mörder ist. Damit können wir jetzt zu Dr. Birkenbarth, denn das dürfte seine Verteidigungsstrategie enorm bereichern.«

Kaum zwanzig Minuten später klingelten sie bereits an der Tür der Kanzlei Birkenbarth und Splittstößer. Noch bevor Peter sich an der Gegensprechanlage melden konnte, summte der Türöffner, und die Tür zur Kanzlei sprang auf. Fast schon automatisch drehte sich Peter um und entdeckte die Kamera, die den Eingangsbereich überwachte. Vermutlich war das bei der Kanzlei eines Strafverteidigers notwendig.

Die drei traten ein und Frau Cordes, die Vorzimmerdame, die offensichtlich auch samstags arbeitete, sagte:

»Gehen Sie nur gleich zum Chef durch, er hat im Moment etwas Zeit.«

Annikas Verteidiger erwartete sie schon vor seiner geöffneten Bürotür: »Ah, Sie sind schon da, kommen Sie herein. Hat Ihre Befragung von Herrn Altmann etwas ergeben?«

»Allerdings«, sagte Peter, während sie sich setzten.

»Können Sie etwas zur Entlastung von Frau Fahrwaldt beitragen?«

»Ja«, sagte Peter und wirkte nach außen hin völlig gelassen, obwohl es in ihm brodelte. »Wir haben recht deutliche Indizien dafür gefunden, dass Annika Fahrwaldt die Wahrheit sagt und ein anderer den Mord begangen hat.«

»Was!«

»So haben wir auch reagiert, als wir erfuhren, dass im Kontext unseres Falls immer wieder ein Vertreter auftaucht. Zuerst haben wir von der alten, manchmal verwirrten Nachbarin Alfreds davon gehört. Wir dachten uns allerdings nichts weiter dabei und ließen die Sache auf sich beruhen. Frau Rauschenbachers Ausführungen dazu waren einfach zu verworren. Aber als Jörg Altmann ebenfalls einen Vertreter erwähnte, sind wir hellhörig geworden. Wir haben nachgehakt und erfahren, dass jener Mann sich tatsächlich sonderbar verhielt. Er wollte nichts verkaufen, hat aber Herrn Altmann geschickt ausgefragt. Deshalb sind wir heute Morgen noch einmal bei Frau Rauschenbacher vorbeigefahren, und sie hat bestätigt, dass der Vertreter auch sie ausfragte.«

»Wie viel, meinen Sie, ist die Aussage der alten Dame wert?«

»Sie gäbe mit ihren gelegentlichen Ausfällen und ihrer erkennbar ausgeprägten Abneigung gegen Annika Fahrwaldt keine besonders gute Zeugin ab. Aber so verwirrt, dass sie uns keine Auskunft geben konnte, ist sie auch wieder nicht. Sie hat ihn sogar wiedererkannt.«

»Wie bitte? Gibt es denn ein Foto?«

»Nein, das nicht. Aber Jörg Altmann ist Maler und hat ihn aus dem Gedächtnis porträtiert.«

»Nun ja, ob das reicht? Herr Altmann hat gemalt, an was er sich erinnert, und Luisa Rauschenbacher hätte vielleicht bei jedem Bild das Gleiche gesagt.«

»Ja, das wäre möglich, wenn nicht auch wir ihn wiedererkannt hätten. Er hat an Pfingsten, in einem Lokal in Königstein, an unserem Tisch gesessen. Auch Alfred und Annika Fahrwaldt waren dabei.«

»Donnerwetter. Haben Sie das Bild bei sich? Zeigen Sie es mal her.«

Stefan gab es ihm, und der Anwalt sah es einige Sekunden lang an, dann sagte er: »Donnerwetter noch mal, den kenn ich auch! Er war vor etwa drei Wochen hier und wollte Büromaterial verkaufen. Ich habe ihn zu Veronika, äh Frau Cordes, geschickt.«

»Dann reden wir gleich mal mit ihr«, sagte Stefan, und Verena fragte: »Die Überwachungskamera vor Ihrer Kanzleitür, werden damit Aufnahmen gemacht, oder ist das eine Attrappe?«

»Verdammt, Sie haben recht«, rief der Anwalt, und Peter sagte bewundernd: »Bravo, Verena.«

»Ich rufe sofort die Wachgesellschaft an und frage, wie lange die Bänder aufgehoben werden. Wenn samstags jemand zu erreichen ist, haben wir vielleicht schon bald eine Video-Aufnahme des Mannes. Das wäre im Prozess viel mehr wert als die Zeichnung eines Zechers.«

»Versuchen Sie es«, sagte Peter, und die drei gingen hinaus zu Frau Cordes.

Sie fragten nach dem Vertreter, und auch die Vorzimmerdame erkannte ihn sofort. Er habe mehr herumgelungert und geplaudert, als seine Artikel anzubieten. Sie hatte ihn für einen Anfänger gehalten.

In diesem Augenblick trat Dr. Birkenbarth aus seinem Büro, schüttelte bedauernd den Kopf und sagte: »Nein, die Aufnahme des entsprechenden Tages existiert leider nicht mehr. Wenn keine besonderen Vorkommnisse gemeldet werden, werden die Aufzeichnungen nach einer Woche gelöscht.«

»Da kann man nichts machen«, sagte Peter bedauernd, war aber dennoch nicht unzufrieden, denn sie hatten endlich einen Ansatzpunkt. »Der Täter ist nun schon viermal aus der Versenkung aufgetaucht; es würde mich wundern, wenn er dabei keinen Fehler gemacht hätte. Den brauchen wir nur zu finden, es sind ja noch sieben Tage bis zum Prozessbeginn.«

»Hoffentlich reicht das, um ihn aufzuspüren.«

»Ich denke schon.«

»Ihr Wort in Gottes Ohr, aber gehen Sie dennoch mit Ihren Beweismitteln sofort zu Kommissar Beierlein. Wie ich ihn kenne, ist er noch im Präsidium. Er wird Ihren Theorien hoffentlich aufgeschlossen gegenüberstehen. Ich kenne ihn als manchmal etwas fantasielosen, aber im Grunde guten Kriminalbeamten. Wenn er Ihren Verdacht nur halb so interessant findet wie ich, wird er die Staatsanwaltschaft sofort davon unterrichten, dass neue Aspekte aufgetaucht sind und weitere Ermittlungszeit vonnöten ist. Ich ruf gleich durch und melde Sie an.«

»Tun Sie das. Außerdem würde ich Annika Fahrwaldt gern im Gefängnis besuchen und ihr Mut machen. Meinen Sie, dass das möglich ist?«

»Ich werde mich sofort mit der Staatsanwaltschaft in Verbindung setzen und sagen, dass Sie in meinem Auftrag ermitteln, dann dürfte das kein Problem sein. Allerdings wird man nur einen von Ihnen zu ihr lassen.«

»Danke«, sagte Peter Stettner, dann verließen sie die Kanzlei.

Annika Fahrwaldt erwachte in ihrer Zelle im Frauentrakt der Untersuchungshaftanstalt Weiterstadt zum wiederholten Mal mit fürchterlichen Kopfschmerzen. Seit sie inhaftiert war, hatte sie keine Nacht durchschlafen können. Selbst die starken Schlaftabletten, die man ihr nur einzeln überließ, hatten daran nichts ändern können. Sie wurde von ihrem Anwalt über den Stand der Ermittlungen auf dem Laufenden gehalten, aber dass selbst Peter Stettner nichts Entlastendes finden konnte, machte ihr zu schaffen. Inzwischen war sie so verzweifelt und niedergeschlagen, dass sie sich ernsthaft zu fragen begann, ob sie es am Ende vielleicht wirklich getan, aber dann erfolgreich verdrängt hatte.

Sie setzte sich mit ihrem Frühstück an den kleinen Tisch in ihrer Zelle, betrachtete es angewidert und dachte: Ich kann diesen Fraß nicht mehr sehen, ich halte nicht mehr lange durch. Wenn sie mich in vierzehn Tagen wirklich verurteilen, bringe ich mich um. Als verurteilte Mörderin werde ich bestimmt nach Preungesheim verlegt. Da soll es noch schlimmer sein als hier. Verurteilte Mörderin – wie das schon klingt. Einfach zum Kotzen. Scheiße, ich hab die Schnauze so voll. Nur – wenn ich wirklich Schluss mache, was wird aus meinem Sohn? Glaubt er dann am Ende vielleicht, das wäre ein Schuldeingeständnis? Wird er mich dafür hassen, obwohl ich nichts getan habe? Nein, verdammt, ich darf nicht aufgeben, ich muss durchhalten.

Plötzlich schluchzte sie laut auf und begann hemmungslos zu weinen. Sie vergaß Raum und Zeit um sich herum. Wie lange sie so dagesessen hatte, konnte sie nachher nicht mehr sagen, aber sie kehrte erst in die Realität zurück, als die kleine Klappe in der Tür aufging und die sympathischere der beiden Vollzugsbeamtinnen auf diesem Flur hereinsah.

»Frau Fahrwaldt, ist Ihnen nicht gut?«, fragte sie.

»Doch, doch, es geht schon wieder.«

»Wenn Sie das Eingesperrtsein nicht mehr verkraften, können Sie auch einen Termin mit der Anstaltspsychologin vereinbaren.«

»Nein, das ist nicht nötig«, sagte Annika und war dankbar dafür, dass wenigstens diese Beamtin freundlich zu ihr war.

»Frau Fahrwaldt, eigentlich bin ich gekommen, um Sie zum Telefon zu bringen. Ihr Anwalt ist dran.«

»Nanu? Er wollte sich doch erst am Montag wieder melden«, murmelte Annika und stand schwerfällig auf.

Unterwegs beschlich sie das Gefühl, dass etwas Außergewöhnliches geschehen sein musste. Sie schöpfte neue Hoffnung, an der jedoch fast augenblicklich der Zweifel zu nagen begann. Seit Annika wusste, dass der Prozess gegen sie schon in einer Woche eröffnet werden sollte, plagten sie die absurdesten Befürchtungen. Noch während sie zum Hörer griff, kam sie zu der Überzeugung, dass ihr Anwalt nur anrief, um ihr mitzuteilen, dass er das Mandat niederlegte.

»Fahrwaldt«, meldete sie sich ängstlich.

»Hallo, hier ist Ihr Verteidiger«, hörte sie Herrn Birkenbarth in den Hörer rufen, und ihr entging nicht der optimistische Unterton in seiner Stimme.

»Was gibt es denn, Herr Birkenbarth?«

»Herr Stettner wird Sie heute Nachmittag besuchen kommen.«

»Oh, warum das denn?«

»Ist es Ihnen nicht recht?«

»Doch, doch! Ich wollte nur wissen, ob es dafür einen besonderen Grund gibt.«

»Allerdings. Herr Stettner muss unbedingt mit Ihnen sprechen, weil wir seit gestern Abend einen deutlichen Hinweis auf den möglichen wahren Täter in Händen halten.«

»Stimmt das wirklich?«

»Ja, Herr Stettner spricht gerade mit Kommissar Beierlein über seine Erkenntnisse. Danach kommt er zu Ihnen. Ich habe einen Besuchstermin für fünfzehn Uhr vereinbart.«

»Danke«, konnte Annika gerade noch ins Telefon stammeln, dann versagte ihre Stimme.

Erneut rannen wahre Sturzbäche über ihre Wangen, und die Vollzugsbeamtin, die immer noch bei ihr war, fragte: »Ist alles in Ordnung?«

»Vollkommen«, sagte Annika und lächelte zum ersten Mal, seit sie inhaftiert war. »Endlich sind erste Beweise für meine Unschuld aufgetaucht.«

Die Beamtin, die inzwischen auf fast dreißig Dienstjahre im Strafvollzug zurückblicken konnte, legte ihr aufmunternd die Hand auf die Schulter, und Annika glaubte, ihr anzumerken, dass sie sie nicht für eine kaltblütige Mörderin hielt.

»Ich muss Sie jetzt zurückbringen«, sagte die Beamtin.

Während Annika in ihrer Gefängniszelle wieder die Wände anstarrte, saßen die drei Detektive im Büro von Hauptkommissar Beierlein und schilderten ihm, was sie in Erfahrung gebracht hatten.

Peter schloss mit dem Satz: »Herr Kommissar, was halten Sie denn davon?«

»Äh, ja, das ist ja alles schön und gut, aber meinen Sie wirklich, Frau Fahrwaldt ist unschuldig?«

»Selbstverständlich. Es springt doch geradezu ins Auge, dass dieser angebliche Vertreter Alfred Fahrwaldt ausspioniert hat, um ihn dann zu ermorden.«

»Und was, meinen Sie, soll ich da tun?«

»Der Sache nachgehen, was denn sonst?«, sagte Peter nachdrücklich und schon etwas ungehalten.

»Sie haben weder Namen noch Adresse, ja nicht einmal Fingerabdrücke oder DNA-Spuren als Beweis dafür, dass dieser Vertreter wirklich existiert. Soll ich diese Zeichnung vielleicht an die Presse geben, mit der Bitte an die Bevölkerung um Hinweise?«

»Das wäre doch schon mal etwas.«

»Sie meinen also, weil Sie einige Leute wie diese senile Alte und einen Säu… äh, feierlustigen Maler beibringen, soll ich eine Skizze veröffentlichen, die eine Hetzjagd auf alle auslösen wird, die dem Bildnis auch nur entfernt ähnlich sehen? Nein, so geht das nicht. Nur weil dieser Mann, sofern er überhaupt existiert, das Umfeld von Alfred Fahrwaldt verschiedentlich gekreuzt hat …«

»Wenn nur Frau Rauschenbacher und Altmann ihn identifiziert hätten, okay«, unterbrach Peter den Kommissar. »Aber wir und Dr. Birkenbarth haben ihn ebenfalls wiedererkannt.«

»Wenn es sich denn um eine Person handelt …«

»Was soll es denn sonst sein, ein Yeti?«, schrie Peter fast, aber Beierlein blieb die Ruhe selbst, als er grinsend sagte: »Nein, so habe ich das natürlich nicht gemeint. Es könnte sich aber um zwei oder mehr Personen handeln, die zufällig eine gewisse Ähnlichkeit aufweisen. Zumal die Zeichnung nicht sehr aussagekräftig ist. Und die Angaben zu Größe, Statur und so weiter sind nun mal eher dürftig.«

»Nicht sehr aussagekräftig, dürftig? Sind Sie noch ganz bei Tr…«, brauste Stefan auf, aber Wolfgang Beierlein schnitt ihm rigoros das Wort ab und sagte scharf: »Ich habe es nicht nötig, mich von Ihnen beleidigen zu lassen; das reicht jetzt. Außerdem hat die Kriminaltechnik ein weiteres schweres Indiz für die Schuld von Annika Fahrwaldt gefunden. Die Mordwaffe stammt tatsächlich aus Fahrwaldts Wagen. Am rauen Hammerstiel hafteten Fasern der Wolldecke, die im Kofferraum liegt. Wenn Sie keine stichhaltigeren Argumente als diesen Mist vorbringen können, kann ich in dieser Sache nichts unternehmen. Guten Tag.«

Danach stand der Kommissar einfach auf, verließ den Raum und ließ die drei wie dumme Kinder völlig verdutzt im Zimmer zurück.

Eine gute Stunde später war Peter auf dem Weg zu Annika. Stefan und Verena waren unterdessen im Biergarten geblieben, wo die drei zu Mittag gegessen hatten. Die Besuchszeit im Gefängnis war auf eine halbe Stunde zwischen fünfzehn und fünfzehn Uhr dreißig beschränkt, und er schaffte es gerade noch, pünktlich zu sein.

Als Peter den Eingangsbereich betrat, sah der Pförtner missmutig von seiner Lektüre auf, in die er vertieft gewesen war, und fragte unwirsch: »Haben Sie eine Besuchsgenehmigung?«

»Für fünfzehn Uhr.«

»Gehen Sie durch die Sicherheitsschleuse, dann durch die zweite Tür rechts. Dort wird man Sie nochmals durchsuchen und anschließend zu den Besuchszimmern bringen.«

Peter hielt sich an die Anweisungen und saß nicht einmal zehn Minuten später Annika gegenüber. Er war schockiert, wie verhärmt und ausgezehrt sie aussah, aber wenn man bedachte, was ihr vorgeworfen wurde und dass sie unschuldig war, war das kein Wunder. Sie hatte, seit sie sich an Pfingsten begegnet waren, mindestens fünf Kilo abgenommen, und ihr Gesicht war vom vielen Weinen aufgequollen.

»Hallo, Annika«, sagte Peter, griff nach ihrer Hand, und noch bevor der Vollzugsbeamte, der das Gespräch überwachte, einschreiten konnte, hatte Annika ihre Hand auf seine gelegt.

Dazu wimmerte sie: »Peter, hol mich hier raus, sonst geh ich kaputt.«

»Ich hoffe, es gelingt uns bald, denn seit gestern haben wir eine Spur.«

»Ja?«, murmelte sie, und für den Bruchteil einer Sekunde huschte ein Lächeln über ihr Gesicht.

Sofort sah sie nicht mehr so leidend aus, dafür kämpfte nun Peter, der fast noch mehr litt als sie, mit den Tränen. Schnell zog er die Porträtzeichnung, die Jörg Altmann angefertigt hatte, aus der Tasche und zeigte sie Annika.

»Sagt dir dieses Gesicht etwas?«

Annika sah das Bild eine Minute lang an, bevor sie stockend antwortete: »Ja, aber … das … war nur ein Vertreter. Der war vor vielleicht drei Wochen … Ist das der Täter?«

»Wir vermuten es. Dass auch du ihn erkannt hast, bestärkt uns darin noch. Versuch dich bitte an alles zu erinnern, was mit dem Vertreter zusammenhängt! Unsere Zeit läuft ab. Wenn wir den Täter bis zu deinem Prozess identifizieren können, wäre das ein enormer Vorteil. Dieser Beierlein ist so was von stur, er erkennt unsere Indizien einfach nicht an. Außerdem behauptet er, der Hammer stamme aus eurem Wagen. Das kann doch gar nicht sein.«

»Doch, das ist durchaus möglich. Jeder kann da ran und ihn aus dem Kofferraum genommen haben, mit der Zentralverriegelung stimmt etwas nicht. Manchmal wird die Kofferraumklappe nicht mitverriegelt. Alfred meint, wenn man grundsätzlich zweimal schließt, braucht man das nicht reparieren zu lassen. Ich vergesse das meistens.«

»Richter und Staatsanwalt werden trotzdem nicht mehr daran vorbeikommen, dich zumindest wegen berechtigter Zweifel an deiner Schuld freizusprechen.«

»Dein Wort in Gottes Ohr. Mir ist egal, wie ich hier herauskomme, Hauptsache, ich sehe bald meinen Sohn wieder.«

Peter war heilfroh, dass er gerade noch daran gedacht hatte, Birkenbarth nach Svens Verbleib zu fragen. Nun konnte er mit gutem Gewissen sagen: »Dein Sohn ist nach wie vor bei deiner Mutter in Düsseldorf; bei ihr kann er bis auf Weiteres bleiben. Er wird, damit er keinen Lehrstoff versäumt, dort vorerst zur Schule gehen. Auch dann, wenn du, was wir aber nicht hoffen wollen, verurteilt würdest.«

»Verurteilt?«

»Davon geht dieses sonderbare Exemplar von Kommissar immer noch aus. Ich für meinen Teil bin aber felsenfest davon überzeugt, dass wir dich bald freibekommen.«

»Das hört sich jetzt aber gar nicht mehr so gut an.«

»Entschuldige bitte. Ich wollte natürlich sagen, ich weiß, dass du freigesprochen wirst«, sagte Peter so überzeugend wie möglich. Er hoffte, Annika bemerkte nicht, dass er sich da bei Weitem nicht so sicher war, wie er vorgab.

Dann nahm er erneut ihre eiskalte Hand und hielt sie so lange in der seinen, bis der Aufseher sagte: »Herr Stettner, Ihre Zeit ist um. Wenn Sie sich bitte verabschieden würden.«

»Annika, mach dich nicht unnötig verrückt, du kommst schon sehr bald hier raus, das verspreche ich dir.«

»Du kommst mich doch wieder besu...?«, fragte sie, aber der Aufseher schnitt ihr erbarmungslos das Wort ab: »Herr Stettner, die Zeit ist um. Bitte gehen Sie jetzt.«

Peter ging zur Tür hinüber, drehte sich noch einmal um und rief ihr zu: »Sobald es etwas Neues gibt, melde ich mich bei dir. Ob persönlich oder über deinen Anwalt hängt davon ab, wie viel Mühe es bereitet, den Mann ausfindig zu machen.«

Beim Verlassen des Raumes bekam er gerade noch mit, wie Annika erneut in Tränen ausbrach. Er war innerlich so aufgewühlt wie schon seit Langem nicht mehr. Genau genommen hatte er einen solchen Gefühlssturm nicht mehr erlebt, seit er vor mehr als fünfundzwanzig Jahren Michaela kennengelernt hatte. Verwirrt von seinen Gefühlen ließ er die Ausgangskontrolle über sich ergehen und fuhr wie in Trance zum Biergarten zurück.

Einige Stunden später saßen die drei in Peters Wohnzimmer und kauten den Fall zum hundertsten Mal durch.

»Wenn wir wüssten, warum der Mann es getan hat, wären wir ein schönes Stück weiter«, sagte Stefan.

»Stimmt«, sagte Peter, »wir müssen unbedingt hinter das Motiv kommen. Warum könnte er den Mord begangen haben?«

»Keine Ahnung.«

»Lasst uns mal zu dem Tag zurückkehren, als uns der

Mann in Königstein begegnet ist. Ist euch irgendetwas aufgefallen, was ungewöhnlich war? Könnte es sein, dass der Mann sich über irgendetwas geärgert hat, das wir gesagt oder getan haben?«

»Geärgert?«, fragte Stefan verständnislos.

»Na ja, irgendein Motiv muss es ja geben!«, rief Peter aufgebracht, und Stefan erwiderte nicht weniger hitzig: »Warum denn?«

»Du meinst, dass der Mann Alfred zufällig auswählte?«, ging Verena auf Stefan ein.

»Genau.«

»Dann hätte er ihn aber nicht derart gründlich ausspionieren brauchen.«

»Da hast du recht, Verena«, lenkte Stefan ein, und Peter kommentierte trocken: »Das hätten wir einfacher haben können. Ich glaube, wir sind alle geschafft, heute bringt das nichts mehr. Lasst uns in Ruhe noch ein Glas Apfelwein trinken und dann zu Bett gehen.«

Es war wie verhext. Die Tat schien, wenn man Annika als Täterin ausschloss, vollkommen ohne nachvollziehbares Motiv zu sein.

Am nächsten Morgen, es war bereits der zweite September, saßen die Detektive beim Frühstück und waren total übernächtigt, denn alle drei hatten kaum ein Auge zugemacht und den Fall gewälzt, anstatt zu schlafen. Dennoch kamen sie erst nach dem zweiten Brötchen einen winzigen Schritt voran.

Peter ärgerte sich, trotz aller Erfahrung derart hilflos zu sein: »Wir müssen irgendwie anders an die Sache herangehen. Über das Motiv kommen wir erst mal nicht weiter. Denkt noch einmal darüber nach, was unsere Zeugen über den *Vertreter* erzählt haben, und ruft euch ins Gedächtnis zurück, was wir mit ihm erlebt haben. Ergibt sich daraus irgendein Anhaltspunkt, um hinter die Identität des Mannes zu kommen?«

Plötzlich wurde es so still am Tisch, dass man eine Stecknadel zu Boden fallen gehört hätte, bis Stefan sagte: »Ja, da gibt es etwas, aber ich weiß nicht so recht ...«

»Sag nur, was du denkst, Stefan. Schlimmer, als es ist, kann es ohnehin nicht mehr werden.«

»Okay. Könnt ihr euch noch daran erinnern, wie Jörg Altmann gesagt hat, der Mann habe trotz seines vornehmen Auftretens irgendwie abgerissen gewirkt, fast wie ein Penner, den man in einen Anzug gesteckt hat?«

»Ja«, sagte Peter höhnisch, »so weit waren wir aber schon.«

»Lass mich doch erst mal ausreden! – Erinnert ihr euch weiter daran, wie er aussah, als er uns im Imbiss begegnete?«

»Ja, einfach, um nicht zu sagen ärmlich. Aber auch das ist nicht mehr ganz neu.«

»Zum Kuckuck, wenn du mich meinen Gedanken nicht zu Ende entwickeln lässt, kann ich auch gleich meinen Mund halten.«

»Entschuldige, red weiter.«

»Ich denke deshalb, er lebt sehr viel weiter am Rande der Gesellschaft, als wir uns das bislang vor Augen geführt haben.«

»Prima, Stefan, da ist was dran. Vielleicht kommen wir ...«

»Moment, ich bin noch nicht fertig. Gehen wir noch einen Schritt weiter. Ich habe gesehen, dass er damals kurz nach uns das Imbiss-Lokal verlassen hat und zu Fuß weggegangen ist. Auch deshalb gehe ich davon aus, dass er nicht motorisiert und auch in Darmstadt mit der Tram gefahren ist.«

»Er könnte doch auch in Königstein wohnen …«, warf Verena ein.

»Moment, dazu komme ich jetzt. Nehmen wir einmal an, er wohnt nicht in Königstein. Welche Möglichkeiten hätte er, um dorthin zu kommen? Er wäre zu Fuß, mit dem Rad, dem Bus oder mit dem Zug unterwegs. Wenn ich jetzt unterstelle, dass er wirklich sehr arm ist, welchen Grund gäbe es für ihn, mit dem teuren Dampfzug nach Königstein zu fahren? Ich würde sagen, keinen. Bleibt der Bus. Auch hier gilt, warum, und vor allem, von wo sollte der Mann am Pfingstsonntag, wo ohnehin nur wenige Busse über die Dörfer fahren, mit ebendiesem nach Königstein kommen? Aus einer direkt angrenzenden Gemeinde, das wäre noch plausibel. Aber aus Kelkheim, Höchst, Bad Soden oder gar Hofheim? Nur um etwas zu essen zu organisieren? Das hätte er, wenn er aus dem Tal kommt, viel leichter in Richtung Frankfurt haben können. Das Gleiche gilt, wenn er mit dem Rad gekommen wäre. Wenn man jetzt noch bedenkt, dass der Mann in der Lage ist, sein Äußeres so zu verändern, dass er ohne Probleme als Vertreter durchgeht, gehe ich davon aus, dass er nicht obdachlos ist. Ich fasse also zusammen: Der Mann kommt aus einer unteren sozialen Schicht, er ist nicht obdachlos und wohnt in oder der unmittelbaren Umgebung von Königstein.«

»Bravo, Stefan, du bist ein Genie«, lobte Peter verblüfft, »das war brillant. Daraus können wir vielleicht sogar ein Motiv ableiten. Stellt euch einmal vor, der Mann hat Alfred in diesem Lokal wiedergesehen und, was noch wichtiger ist, wiedererkannt. Denn es könnte doch zum Beispiel sein, dass Alfred ihn betrogen hat, bevor er nach Mallorca ging.«

»Das wäre möglich«, sagte Stefan, und es klang nicht sehr überzeugt. Dann fragte er unzusammenhängend: »Wolltest du nicht schon vorgestern deine Eltern anrufen?«

»Oh, Mist, das habe ich vollkommen vergessen. Papa wird nicht begeistert sein, dass ich ihn noch nicht zurückgerufen habe, seit sie in Bad Griesbach angekommen sind.«

Kurz darauf wählte Peter die Durchwahl zum Apartment seiner Eltern in der Pension Rosenglück. Es läutete nur zwei Mal, bis auf der Gegenseite abgenommen wurde und sich sein Vater, ein ehemaliger Landwirt und rüstiger zweiundsiebzigjähriger Mann, meldete.

»Ich bin's, dein Sohn«, sagte Peter so zerknirscht wie möglich, worauf Andreas Stettner nicht ganz so ärgerlich wie erwartet sagte: »Ja, ich erinnere mich dunkel daran, dass ich so etwas hatte.«

»Papa, tut mir leid, dass ich dich vergessen habe, aber wir haben da einen kniffligen Fall ...«

Damit konnte man Andreas Stettner immer ködern, und er unterbrach seinen Sohn prompt: »Na los, dann erzähl mal.«

Auch wenn er es wegen seiner Frau niemals zugegeben hätte, er war sehr stolz und auch ein bisschen neidisch auf das aufregende Leben seines Sohnes.

»Du hast doch bestimmt von dem spektakulären Mordfall in Darmstadt gehört.«

»Ja klar, aber wie um Himmels willen kommt ihr denn an einen Fall in Darmstadt?«

»Die Hauptverdächtige ist die Witwe des Opfers, Annika. Sie hieß früher Kronburg und müsste dir vor Jahren einmal begegnet sein. Sie war mit Michaela befreundet.«

»Ach so, ist das die, die auf Mallorca lebte?

»Donnerwetter, das weißt du noch?«

»Hältst du mich für verkalkt? Los, erzähl schon. Ich müsste zwar in zehn Minuten zur Massage ...«

»Okay«, stimmte Peter zu und berichtete seinem Vater in

einer Kurzversion alles, bis hin zu ihren jüngsten Schluss-folgerungen.

»Junge, vielleicht hat das ja alles gar nichts mit Alfred Fahrwaldt persönlich zu tun. Könnte es nicht sein, dass bei dem Mann irgendwelche Erinnerungen an früher hochka-men? Und er Alfred nur stellvertretend für jemand ganz anderen gehasst hat? Er hat, wie du schon sagtest, euer Ge-spräch mit angehört, etwas aufgeschnappt und festgestellt, dass es Parallelen zu seinem Fall gibt. Und sei es nur, weil er Alfred mit einer sehr viel jüngeren Frau gesehen hat.«

»Du meinst, ein reicher Unternehmer könnte ihm seine Frau ausgespannt haben und dadurch wäre er ab-gestürzt?«

»So in etwa.«

»Das ist ein interessanter Gedanke. Ich will dich jetzt aber nicht länger von deiner Massage abhalten; machen wir Schluss.«

»Ach, Junge, der Termin ist soeben vorbei. Da brauche ich nicht mehr hingehen. Aber ich muss mir eine gute Ausrede einfallen lassen, damit es keinen Ärger gibt.«

»Sag doch einfach, einer deiner Söhne, der aus Australien, von dem du schon lange nichts mehr gehört hast, hat ange-rufen. Dann hast du zum Teil nicht einmal gelogen. Dass dein Australien in diesem Fall in Kelkheim liegt, brauchst du ja nicht zu erwähnen.«

»Das ist gut, das werd ich mir merken.«

Nachdenklich ging Peter ins Wohnzimmer zurück und erzählte Stefan und Verena, was sein Vater zu den Ermitt-lungen beigetragen hatte.

»Das hieße ja«, rief Stefan entsetzt, »dass wir am Anfang einer Mordserie stehen könnten!«

»Oder mittendrin«, ergänzte Peter, einer plötzlichen Eingebung folgend. »Wir sollten wirklich überprüfen, ob mein Vater recht hat und es nur darum ging, dass Alfred mit einer gut und gern fünfunddreißig Jahre jüngeren Frau zusammen war. Immerhin könnte es ja sein, dass der Chef des Mannes ihm die Frau weggenommen hat und er darüber beruflich und persönlich in einen Abgrund gestürzt ist. – Ja, das könnte passen.«

»Aber wie um Himmels willen wollen wir das überprüfen?«

»Nichts leichter als das. Es gibt ja Oliver Krause, den Hacker und Computerspezialisten.«

»Ja, klar, soll er ...«

»Ich werde ihn fragen, welche Möglichkeiten er hat, Zeitungsarchive und andere, mehr oder weniger legale Quellen anzuzapfen.«

»Was soll er denn da suchen?«

»Ich denke da unter anderem an die Sozialbehörden. Vielleicht kommen wir an die Daten der Sozialhilfeempfänger im Großraum Königstein ran.«

»Und wenn unser Mann kein Sozialhilfeempfänger ist? Nicht jeder Arme bezieht Stütze.«

»Wie gesagt, mir fallen da noch einige andere Möglichkeiten ein. Wir lassen Olli auf der Suche einfach alle Register ziehen. Ermordete Unternehmer mit jungen Frauen – wenn es dergleichen gab, wird er es finden.«

»Na, das klingt ja nicht mal schlecht«, sagte Stefan, und Verena stimmte zu.

8.

Den ganzen Tag versuchte Peter, den Computerspezialisten zu erreichen, und als nachmittags noch immer besetzt war, fuhr er kurzerhand nach Ruppertshain, wo der Mittdreißiger wohnte. Höchstwahrscheinlich war er so beschäftigt, dass er in der Hektik nicht richtig aufgelegt hatte.

Genau so war es auch. Peter hatte den Klingelknopf neben der Haustür des älteren Dreifamilienhauses noch nicht richtig gedrückt, da sprang auch schon die Haustür auf.

Er stieg bis hinauf unters Dach und betrat die Wohnung, deren Tür nur angelehnt war, und ging an einem spartanisch eingerichteten Schlafzimmer und einer kaum besser möblierten Küche vorbei.

»Hallo, Peter, was führt dich hierher?«

»Ich konnte dich telefonisch nicht erreichen.«

»Oh, Scheiße. Ist es wichtig?«

»Das kann man wohl sagen. Ich habe einen komplizierten Auftrag für dich.«

»Dann komm erst mal in mein Arbeitszimmer. Worum geht es denn?«

Peter betrat den größten Raum der Wohnung und eine völlig andere Welt. Neben einem perfekt eingerichteten Computerarbeitsplatz gab es noch zwei weitere Rechner, an die allerlei blinkende Geräte angeschlossen waren, und in der Ecke stand noch ein originalverpackter Computer.

Sogar ein relativ bequemer Sessel für Besucher war vorhanden.

»Du müsstest Zeitungs- und Polizeiarchive oder andere Quellen nach bestimmten Daten durchsuchen. Macht das viel Arbeit?«

»Das kommt darauf an, ob es nur die offiziell zugänglichen oder auch die – nun, du verstehst –, die anderen sein sollen. Dann natürlich, welcher Zeitraum, die Größe der Region, und natürlich, um welche Daten es sich handelt.«

»Ich hab wie immer keine Zeit, denn es geht um Mord. Vielleicht sogar um mehrere Fälle. Deshalb würde es vorerst vielleicht reichen, die vier größten Tageszeitungen der Region zu durchforsten. Du müsstest den Zeitraum der, sagen wir, letzten fünf Jahre nach Unternehmern absuchen, die bedeutend jüngere Frauen geheiratet haben und ermordet wurden.«

»Von den Frauen?«

»Nein, vermutlich nicht. Zumindest nicht in dem Fall, an dem wir gerade arbeiten«, sagte Peter und umriss den Fall Fahrwaldt und ihre Theorie einer unentdeckten Mordserie.

So konnte Olli Krause sich eigene Gedanken machen und die Suchvorgaben ändern, falls er nicht weiterkam.

Als Peter geendet hatte, fragte Olli: »Was verstehst du eigentlich unter *Region*?«

»Gießen im Norden, Mainz im Westen, Hanau, oder besser, Aschaffenburg im Osten und Darmstadt im Süden.«

»Da reichen die vier größten Tageszeitungen nicht aus. Ich schlage vor, die Blätter sämtlicher größerer Städte zu durchforsten, dazu noch vier oder fünf Regionalzeitungen. Also etwa zwanzig Tageszeitungen. Bei fünf Jahren macht das etwa sechsundzwanzigtausend Ausgaben. Da sind die beiden Tage, die ich für dich einräumen wollte, nicht genug.«

»Schaffst du das denn überhaupt in kürzerer Zeit?«

»Klar. Ich habe ein Standardprogramm so weiterentwickelt, dass ich mich nur in das interne, also normalerweise nicht zugängliche Archiv …«

»Olli, so genau will ich das gar nicht wissen. Wann höre ich von dir?«

»Ich komme abends zu euch, rechnet aber nicht vor Mittwoch mit mir.«

»Ein bisschen spät, aber okay. Dann noch zu deinem Honorar …«

»Hat sich nicht geändert«, sagte der Hacker, und nach einem kurzen Smalltalk über Privates verabschiedete sich Peter und fuhr nach Hause zurück.

Wieder einmal saß der Mann im einzigen noch bewohnbaren Zimmer des Hauses. Vor ihm auf dem Tisch stand sein bester Freund, die noch halb volle Wodkaflasche, und daneben lag, seit sein Radio kaputtgegangen war, sein einziger Zeitvertreib, eine zerschlissene Tageszeitung. Er hatte das Blatt nun bestimmt schon dreimal gelesen, aber da er in seinem Zustand nicht mehr sehr aufnahmefähig war, das meiste bereits wieder vergessen. Plötzlich sah er den Artikel über Hans Vollstadt, den Inhaber eines renommierten Stahlbaubetriebs in Bad Dürkheim, und Förderer des Dürkheimer Wurstmarktes, links unten in der Ecke.

»Was ist denn das?«, entfuhr es ihm, bevor er weiterlas.

Er war sich inzwischen fast sicher, dass er seinem *Missionsbuch* bald schon ein neues Kapitel hinzufügen konnte, auch wenn er so kurz hintereinander noch nie zwei Sünder liquidiert hatte.

Ich darf keinen Fehler machen und nicht einen Menschen beseitigen, der es nicht auch verdient hat. Schließlich geht es hier nicht um primitive Rache; ich habe eine Mission zu erfüllen.

Der Mann stand auf, begann, durch das Zimmer zu wandern, und trank dabei immer größere Schlucke aus seiner Schnapsflasche. Er hatte sie schon fast geleert, da hielt er plötzlich inne, verschraubte sie und stellte sie weg ins Regal. Ab jetzt durfte er bis zur Vollendung seines neuen Feldzuges nichts mehr trinken, es sei denn, seine Rolle verlangte es.

»Wie komm ich an dich ran, Hans Vollstadt?«, fragte er sich immer wieder, und als er eine weitere Viertelstunde auf und ab gewandert war, rief er laut: »Ich hab's!«

Er brauchte keine Angst zu haben, dass man ihn hörte, denn er lebte allein in dem Haus, das ihm noch vor nicht allzu langer Zeit gehört hatte. Es war baufällig und inzwischen vollkommen heruntergekommen, aber das störte ihn nicht. Eines Tages würden sie ohnehin kommen und ihn hinauswerfen. Spätestens dann, wenn die Stadtverwaltung, der das Haus inzwischen gehörte, den größten Schandfleck des Ortes abreißen würde.

»Der Dürkheimer Wurstmarkt; das ist es. Bis dahin habe ich Gewissheit, ob du der Richtige für meine Mission bist. In dem Gedränge, das dann in der Stadt herrscht, wirst du mein.«

Kaum hatte er das gesagt, da schraubte er die Wodkaflasche wieder auf, ging hinüber in die Küche, in der kaum noch etwas funktionierte, und schüttete den Rest des hochprozentigen Getränks in den Ausguss. Anschließend kehrte er ins Zimmer zurück, klappte das altersschwache Schrankbett, das einmal im Gästezimmer gestanden hatte, aus und zog seinen Pyjama an. Es war noch nicht einmal neun Uhr, aber er musste jetzt schlafen. Viel schlafen. Schließlich konnte er seine Mission nur gut ausgeruht und vollkommen nüchtern fortführen. Gleich am nächsten Morgen würde er damit beginnen, seine Socken zu waschen und die Schuhe auf Hochglanz zu polieren. Dann kam sein einziger Anzug dran, und zum Schluss er selbst. Nur so konnte er sich wieder in den seriösen, unauffälligen und vor allem unverdächtigen Vertreter verwandeln.

Am Abend des vierten September saßen die beiden Detektive in Peters Wohnzimmer und warteten auf Oliver Krause und Verena. Olli hatte sich für achtzehn Uhr angekündigt, und Verena musste inzwischen jeden Tag länger arbeiten. Außer im Urlaub fand sie kaum noch Zeit, den beiden die Buchhaltung vom Leib zu halten. Aber das war nicht der Sinn ihres Urlaubs.

»So kann das nicht weitergehen, Verena macht immer öfter Überstunden, hat kaum noch Freizeit und unsere Buchführung leidet auch noch darunter.«

In diesem Moment läutete es an der Haustür.

Peter machte Olli auf, und der Computerspezialist fiel gleich mit der Tür ins Haus: »Seid mir nicht böse, aber ich habe nicht gerade gute Nachrichten für euch.«

»Wie meinst du denn das? Los, erzähl schon. Willst du einen Apfelwein?«

»Gern, Peter.«

Stefan schenkte ein, Olli trank einen Schluck und sagte dann: »Wenn man die Fälle aussortiert, in denen die Frau die Mörderin war, also gestanden hat oder überführt wurde …«

Oliver Krause wurde unterbrochen, als die Tür aufging und Verena hereinkam.

»Ach, Olli, du bist schon da?«

»Bin gerade gekommen.«

»Da hab ich ja Glück gehabt. Mein Chef hatte heute noch einen Spezialauftrag für mich; ich musste eine halbe Stunde länger bleiben. Aber lass erst mal Olli berichten, ich bin gespannt darauf, was er herausgefunden hat«, sagte Verena und umarmte ihren Verlobten innig.

»Habt ihr euch lange nicht gesehen?«, fragte Oliver.

»Ja, immerhin gut und gern zehn Stunden nicht.«

»Muss Liebe schön sein«, sagte der Computerspezialist, der so sehr mit seinen Rechnern und Programmen verbandelt war, dass er es längst aufgegeben hatte, eine passende Partnerin zu finden.

»Solltest du auch mal ausprobieren«, konterte Stefan grinsend und fragte, nachdem auch Verena etwas zum Trinken hatte: »So Olli, was hast du für uns?«

»Wie ich schon sagte, wenig. Nachdem ich die infrage kommenden Fälle abgezogen hatte, in denen die Ehefrau eindeutig die Täterin war, blieben gerade einmal zwei Morde an Unternehmern übrig.«

»Was, nur zwei?«, rief Peter, und der Hacker antwortete: »Ja, und wenn ich nicht die Zeit vor sechs bis neun Jahren auch noch überprüft hätte, wäre ich nicht einmal auf den zweiten Fall gestoßen. Allerdings war das Opfer in dem Fall gar nicht verheiratet.«

»Wo und wann haben sich die Morde ereignet?«

»Der erste ereignete sich vor ziemlich genau sieben Jahren in Mainz und der zweite vor etwas mehr als vier Jahren in Butzbach. Aber damit ihr nicht ganz verzweifelt, habe ich noch was für euch.«

»Was denn?«

»Beide Morde gingen zuerst als Unfälle durch, und nur glückliche Umstände haben die Ermittler zu der Erkenntnis geführt, dass es sich in Wirklichkeit um Morde handelte. Die Täter wurden jedoch nie gefunden.«

»Wo hast du denn diese Info her?«

»Frag besser nicht.«

»Okay, damit haben wir immerhin schon etwas.«

Alle sahen Peter erwartungsvoll an, und er fuhr fort: »Dass wir auf dem richtigen Weg sind, hier eine Mordserie zu vermuten, scheint nun klar. Außerdem könnten die beiden Fälle, auch wenn es noch nicht so aussieht, durchaus Teil einer größeren Mordserie sein. Dass sie für sich genommen, Darmstadt eingeschlossen, bereits eine Serie bilden, glaube ich nicht, da sie mit drei und vier Jahren sehr weit auseinanderliegen. Erfahrungsgemäß wird der Abstand zwischen den Morden für gewöhnlich kleiner, aber nur äußerst selten größer. All das spricht dafür, dass einige Taten bislang unentdeckt oder auch nie einer Mordserie zugeordnet wurden.«

»Das heißt aber auch«, sagte Stefan bedrückt, »dass wir das Motiv noch immer nicht kennen.«

»Genau, denn um eine junge Ehefrau allein kann es dann nicht gehen. Es muss noch etwas anderes dahinterstecken. Das bedeutet, du musst mit veränderte Stichworten noch mal ran, Olli.«

»Ja, gern, aber weitere zwei Tage musst du mir dafür schon lassen.«

»Scheiße, dann wird's langsam knapp. Kannst du mich anlernen?«

»Nicht gern. Ich habe ein handelsübliches Programm so weiterentwickelt, dass es nicht nur in der Lage ist, in jede

Art von Archiv einzudringen, es arbeitet sie auch vollkommen selbsttätig durch, bis hin zum Ausdruck der relevanten Artikel. Das Beste daran ist allerdings, dass es sich vollkommen selbstständig ausklinkt, falls meine Anwesenheit entdeckt zu werden droht, und seine Spuren so verwischt, dass eine Identifikation unmöglich ist. Dass ich dieses Programm nicht aus der Hand geben kann, wirst du verstehen.«

»Das ist mir klar«, nickte Peter, und Olli sagte: »Aber ich werde extra für dich meinen neuen, vierten Computer anschließen und darauf ansetzen. Dann geht es vielleicht etwas schneller.«

»Sag mal, wofür kassierst du eigentlich fünfundzwanzig Euro pro Stunde, wenn deine Rechner alles allein machen und du dabei schlafen kannst?«

»Ich brauche ja Druckpatronen, Papier, neue Computer, und das Programm entwickelt sich auch nicht von …«

»Stopp, stopp, das war nur ein Scherz. Hauptsache ist, du lieferst gute Ergebnisse, und so etwas kostet eben. Also los, beeil dich. Am Siebten beginnt der Prozess.«

»Ich sehe, was ich tun kann. Nach welchen Stichworten soll ich diesmal suchen?«

»Such nach Unternehmern, die in den letzten zehn Jahren im Rhein-Main-Gebiet ermordet wurden.«

»Genauer geht's nicht? Auch wenn mein Programm superschnell ist, das dauert eine Ewigkeit. Kannst du das Ganze nicht weiter eingrenzen?«

»Doch, aber zuerst musst du alles raussuchen, was es über Morde an Unternehmern gibt.«

»Dass es ein Unternehmer sein soll, ist wenigstens sicher?«

»Eigentlich nicht. Aber da unsere Zielperson früher Unternehmer war, vermute ich es stark.«

»Na hoffentlich …«

»Okay, du wolltest Stichworte, du bekommst sie. Wie wäre es mit krankhaftem Geiz, der Absicht, eine Stiftung zu gründen, und Ruhestand auf Mallorca?«

»Na also, geht doch. Ich mach mich gleich an die Arbeit. Wenn ich etwas entdecke, ruf ich dich an. Tschüs.«

Nachdem Olli Krause gegangen war, gingen die drei ziemlich schnell schlafen, denn die zermürbende Warterei der letzten Tage hatte sie vollkommen geschafft.

Verena war die Erste, die am nächsten Morgen aus dem Haus musste, aber Stefan stand gegen sechs Uhr solidarisch mit ihr auf. Zur Überraschung der beiden war Peter bereits in der Küche zugange und hatte Kaffee gekocht. So konnten sie noch gemeinsam frühstücken, bevor Verena das Haus verließ. Kaum war sie fort, da begann Peter, unruhig auf und ab zu wandern.

»Du machst mich verrückt mit deiner Herumrennerei. Ich werd, solange wir hier nichts tun können, mal ins Büro gehen und ein bisschen arbeiten; selbst wenn es an der Buchhaltung ist. Seit wir am Fall Annika dran sind, haben wir alles andere vernachlässigt. Ich war vor drei Tagen zum letzten Mal im Büro. Du warst sogar schon fünf Tage nicht mehr dort. Wer weiß, wie viele Aufträge uns inzwischen entgangen sind.«

»Ja, tu das. Ich kann mich im Moment ohnehin auf nichts anderes als den Fall Fahrwaldt konzentrieren.«

»Du hängst dich rein, als wenn du in Annika verliebt wärst.«

»Ich bin nicht in sie verliebt!«, polterte Peter los, um dann etwas ruhiger hinzuzufügen: »Vielleicht hast du ja recht. Aber ist das denn ein Wunder? Michaela hat mich nun schon vor mehr als neun Jahren verlassen, und seitdem herrscht in meinem Herzen bitterkalte Eiszeit.«

»Ich sag ja nichts dagegen«, beschwichtigte Stefan seinen Freund, »aber wenn man selbst zu sehr in einen Fall involviert ist, läuft man Gefahr, dass das Denkvermögen darunter leidet. Das hast du selbst mir beigebracht.«

»Stimmt ja auch.«

Peter hatte den Satz kaum beendet, da begann das Telefon zu läuten.

Es war Dr. Pfannmöller, der in vorwurfsvollem Ton loslegte: »Ah, endlich erreiche ich dich mal, Peter. Was ist denn los? Seit genau drei Tagen versuche ich, dich im Büro zu erreichen, denn ich habe einen eiligen Auftrag für euch.«

»Daraus wird im Moment nichts, Burkhard, wir arbeiten an einem Fall, der unsere volle Aufmerksamkeit erfordert«, vertröstete Peter den Anwalt, mit dem sie, seit sie sich vor einem Jahr im Fall Werker begegnet waren, sporadisch zusammenarbeiteten und inzwischen befreundet waren. »Du hast vielleicht von dem Mord an der Endstation der Straßenbahnlinie 3 in Darmstadt gehört.«

»Ja, eine junge Frau soll ihren älteren Ehemann des Geldes wegen erschlagen haben.«

»Wir sind gerade dabei zu beweisen, dass sie es nicht war. Aber uns läuft die Zeit davon, denn am Freitag beginnt der Prozess.«

»Wie kommt ihr denn an diesen Fall?«

»Frau Fahrwaldt ist eine Jugendfreundin meiner geschiedenen Frau, wir kennen sie persönlich.«

»Ah, so, da kann man nichts machen. Dann muss ich weitersehen, wer die Beschattung für mich übernimmt. Zur Not muss ich es selbst machen.«

»Einen Moment bitte«, unterbrach Stefan, nahm Peter den

Hörer aus der Hand und sagte: »Wenn es nicht zu lange dauert, können wir das übernehmen. Wir müssen ohnehin auf das Ergebnis einer Internetrecherche warten, ohne die wir nicht weiterermitteln können. Um was geht es denn genau?«

Der Anwalt erklärte ihnen, dass ein korrupter Beamter einen Kollegen so schwer belastet hatte, dass dieser nun in Untersuchungshaft saß. Um ihn zu entlasten, müsste der wahre Verbrecher in flagranti ertappt werden, und Dr. Pfannmöller rechnete innerhalb der nächsten vierundzwanzig Stunden mit dieser Möglichkeit.

»Klar machen wir das«, sagte Stefan und ließ sich die genauen Daten geben.

Als der Anwalt aufgelegt hatte, sagte Stefan zu Peter: »Schau mich nicht so entrüstet an, wir müssen schließlich von irgendetwas leben. Denn dass du Annika, wenn wir sie freibekommen haben, auch nur einen Cent abnimmst, kannst du mir nicht erzählen.«

»Im Prinzip stimme ich dir ja zu, aber wann zum Kuckuck sollen wir das machen?«

»Sofort. Bis wir wieder etwas von Oliver hören, wird's bestimmt Freitag. Also haben wir heute und morgen Zeit, um etwas Geld zu verdienen. Ich übernehme die erste Schicht bis zwanzig Uhr, dann löst mich Verena bis Mitternacht ab. Du bist dann bis zum Morgen dran, danach komme wieder ich. Wer mich danach ablöst, falls das überhaupt noch nötig ist, werden wir sehen, wenn es so weit ist.«

»Stefan, du hast recht, fahr los. Ich schicke Verena hin, sobald sie nach Hause kommt.«

Während Stefan auf dem Weg nach Bad Homburg war, wo der korrupte Beamte arbeitete, und Peter sich um die Buchführung der Detektei kümmerte, schlenderte der achtundfünfzigjährige Hans Vollstadt gut gelaunt durch Bad Dürkheim, einem für ihn wichtigen Notartermin entgegen.

An diesem Morgen sollte der Vertragsentwurf besprochen werden, mit dem er endlich in den wohlverdienten Ruhestand eintreten wollte. Da es in seiner Familie noch viele Jahre keinen Nachfolger geben würde, sich niemand fand, der seinen Ansprüchen genügte, um die Firma mit fünfzig Mitarbeitern für zehn bis fünfzehn Jahre weiterzuführen, und sie im Ganzen nahezu unverkäuflich war, hatte er sich schweren Herzens entschlossen, sie in Teilen zu verkaufen. Der hochmoderne Maschinenpark ging sozusagen als Entwicklungshilfe weit unter Wert an einen Jungunternehmer aus Bulgarien und das immerhin rund zwanzigtausend Quadratmeter große, zentral gelegene Firmengelände an einen Wohnungsbauinvestor. Seine Frau, die neunjährige Tochter und der vierjährige Sohn würden sich freuen, den Mann und Vater endlich wieder mehr für sich zu haben.

Da Hans Vollstadt sehr intensiv mit seinen Zukunftsträumen beschäftigt war, fiel ihm der Mann nicht auf. Aber selbst wenn, hätte er den unscheinbaren, etwas farblosen und nicht allzu großen Anzugträger, der im Abstand von fünfzig Metern hinter ihm herging, nicht beachtet. Es war kurz nach zehn, als er das Notariatsbüro in der Innenstadt erreicht hatte und das Geschäftshaus betrat. Er unterhielt sich fast zwei Stunden mit Dr. Keilbrodt, und als er dessen Büro verließ, achtete er wiederum nicht weiter auf den Mann, der lässig an die Theke des Vorzimmers gelehnt stand und mit der Vorzimmerdame schäkerte.

»Danke, dass Sie die Verträge so schnell fertiggemacht haben. Sie sind genau so, wie ich sie mir vorgestellt habe«, sagte Vollstadt abschließend, als er grüßend an der Theke vorbeiging.

Der Mann war sich im Grunde bereits sicher, dass er das nächste Kapitel in seinem Missionsbuch Hans Vollstadt aus Freinsheim bei Bad Dürkheim widmen würde.

Da er ein gewissenhafter Mensch war und sich nicht irren durfte, musste er ganz sichergehen. Denn wenn er sich irrte und einen Unschuldigen zum Tode verurteilte, hätte das seine Mission in den Schmutz gezogen und ihn zum gewöhnlichen Mörder degradiert. Deshalb bedurfte es eines unmissverständlichen Geständnisses seines *Angeklagten*, um das Todesurteil vollstrecken zu können.

So hatte er sich nun schon zum zweiten Mal nach Freinsheim begeben, was seine äußerst bescheidenen Finanzen enorm belastete. Er hatte sich an Vollstadts Fersen geheftet, und das Schicksal war deutlich auf seiner Seite. Denn an diesem Morgen hatte der Unternehmer ausnahmsweise die Regionalbahn nach Bad Dürkheim genommen. So hatte er ihm leichter folgen können. Dass der dann auch noch direkt zu seinem Notar gegangen war, konnte kein Zufall sein. Aber erst das, was er durch geschicktes Fragen der Vorzimmerdame entlocken konnte und was er mit eigenen Ohren gehört hatte, machte ihn ganz sicher, mal wieder auf der richtigen Fährte zu sein. Bisher war es nur einmal vorgekommen, dass er sich entschloss, ein Kapitel, das bereits abschlussbereit vor ihm lag, vorzeitig abzubrechen. Denn damals, vor zehn Jahren, ganz am Anfang seiner Karriere als Missionar, hatte er sich ganz offensichtlich in der Zielperson geirrt. Aber gerade, dass er einen Irrtum einsehen konnte, gab ihm die Gewissheit, in göttlicher Mission unterwegs zu sein. Seine Aufgabe war es, den Verlierern, die durch ihre skrupellosen Chefs auf der Strecke blieben, Genugtuung widerfahren zu lassen. Er nahm seine Aufgabe sehr ernst.

An all das dachte er, während er darauf wartete, dass Vollstadt das Büro verließ.

Als dieser herauskam und dem Notar die Hand reichte, dachte der Vertreter: Eigentlich müsste ich den Handlanger des Teufels gleich mit vernichten, und hasste in diesem Moment auch den Notar. Doch dann sagte Hans Vollstadt etwas, das die Konzentration des Mörders augenblicklich bündelte und das Blut in seinen Adern heftig pulsieren ließ.

»So, dann werde ich zusehen, dass ich mit dem Bulgaren handelseinig werde. Danach kommen wir und bringen alles unter Dach und Fach. Anschließend kann ich den Ruhestand genießen.«

Der Mann war kaum in der Lage, dem Unternehmer zu folgen, so sehr hatte ihn das Gehörte in Erwartungshaltung versetzt. Das war das letzte Glied in der Kette, der eine Mosaikstein gewesen, der noch gefehlt hatte. Jetzt war der Weg frei, auch dieses Kapitel abzuschließen.

Deshalb verabschiedete er sich schnell von Dr. Keilbrodts Mitarbeiterin, und es kam ihm wie ein Wunder vor, dass sie nichts von seiner inneren Aufgewühltheit bemerkt hatte. Auch daran sah er einmal mehr, dass er mit göttlichem Schutz unterwegs war.

Da Hans Vollstadt langsam ging, hatte der Mann ihn schnell eingeholt und lief in geringem Abstand hinter ihm her. Er folgte ihm wie ein zweiter Schatten durch die stark befahrene Hauptverkehrsstraße. Auf dem Bürgersteig war weit und breit niemand zu entdecken.

Die Gelegenheit ist günstig, mach's jetzt, dachte er, stoß

ihn einfach auf die Straße vor einen Lkw, und das Kapitel ist abgeschlossen.

Gerade als er nahe genug an Hans Vollstadt herangerückt war und sein Vorhaben ausführen wollte, kam eine ältere Dame mit ihrem Hund um die Ecke. Für den Bruchteil einer Sekunde erwog er, die Zeugin gleich mit zu beseitigen, ließ sich dann aber wieder zurückfallen und nahm von seiner Idee Abstand.

»Du bist doch ein blödes Kamel!«, schimpfte er leise mit sich selbst, um dann in Gedanken hinzuzusetzen: Was ist mit mir los? Ich kann doch einer unschuldigen alten Frau nichts tun. Wenn ich das mache, habe ich den göttlichen Auftrag verraten und mich selbst zum Mörder degradiert.

Sofort ging er noch langsamer, bog in eine ruhige Seitenstraße ein und ließ Hans Vollstadt seiner Wege gehen.

Er vergewisserte sich, ob er alleine war, und die nächsten Passanten waren gut fünfzig Meter entfernt. Daraufhin blickte er zum Himmel hinauf und sagte halblaut: »Entschuldige bitte, es war töricht von mir, vom Plan abweichen zu wollen. Es bleibt dabei, am Freitag, wenn der Wurstmarkt beginnt, wird es geschehen.«

Auf die Idee, dass er in die völlig falsche Richtung blickte, wenn er mit seinem *Auftraggeber* sprach, kam er nicht.

Am Abend des sechsten September kamen Stefan, Verena und Peter aus der Kanzlei von Dr. Pfannmöller zurück, wo sie ihre brillanten Aufnahmen abgeliefert hatten. Der kleine Auftrag zwischendurch hatte ihnen immerhin so viel Geld eingebracht, dass sie noch eine ganze Weile sorgenfrei weiter für Annika ermitteln konnten.

Peter hatte gerade die Haustür aufgeschlossen, als das

Telefon in seinem Arbeitszimmer Sturm zu läuten begann. Er sprintete los, als ob der Teufel hinter ihm her wäre, und erreichte einige Sekunden vor den anderen den Apparat. Er riss den Hörer aus der Basisstation, stellte auf Mithören und ließ sich in einen Sessel fallen.

»Hallo, ich bin's, Olli. Ich bin zwar noch nicht mit allen Zeitungen durch, aber ich bin da auf etwas gestoßen, was ich euch unbedingt mitteilen wollte. Ich hatte zuerst kaum Fälle gefunden, auf die deine Stichworte passten, und habe mir erlaubt, sie eigenmächtig zu verändern. Ob du's glaubst oder nicht, dann ging's los.«

»Verdammt, jetzt red schon. Was ging los, und was hast du verändert?«

»Ich habe ›Stiftung‹ und ›Geiz‹ ganz rausgenommen, stattdessen ›Ruhestand‹ und ›Altersruhesitz‹ getrennt und ›Mallorca‹ durch ›Gran Canaria‹ und ›Madeira‹ ergänzt.«

»Und was ist dabei rausgekommen?«

»Innerhalb von nicht mal zehn Minuten hatte ich sechs Fälle. Die beiden vom ersten Versuch waren übrigens auch dabei. Diese Unternehmer hatten sich im Vorfeld der Morde allesamt zur Ruhe gesetzt, oder vielmehr, drei von ihnen haben sich im Süden zur Ruhe setzen wollen. In allen Fällen hatten die Männer jedoch vorher ihre Firmen verkauft, aufgelöst oder mit anderen Firmen fusioniert, die wiederum die Produktionsstätten in Deutschland anschließend auflösten.«

»Scheiße!«, rief Peter, »das hätte mir Trottel auffallen müssen. Auch Alfred hatte seine Firma verkauft, und er erwähnte das, während der Mann bei uns am Tisch saß! Stefan hat recht, ich bin offenbar zu aufgewühlt, um klar zu denken. Aber du, Olli, bist ein Genie. Damit hast du dir einen Hunderter extra verdient. Mail mir doch bitte die entsprechenden Artikel. Jetzt haben wir das Motiv – es geht voran! Danke.«

Peter legte so schnell auf, dass Olli nicht die geringste Chance hatte, sich zu verabschieden, doch offenbar ahnte der Hacker, wie dringend sie auf die Unterlagen warteten. Nicht einmal drei Minuten später hatten sie insgesamt dreißig Artikel über die sechs Mordfälle auf dem Rechner.

Gewissenhaft lasen sie alle durch und notierten alles, was interessant oder brauchbar sein könnte.

Als sie damit fertig waren, fragte Peter: »So, was haben wir jetzt?«, und Verena fasste zusammen: »Der erste Fall war vor acht Jahren in Bad Soden. An der langen und geraden Gefällstrecke von Neuenhain, runter in die Stadt, fiel am frühen Morgen ein Mann vor einen Sattelschlepper und war sofort tot. Ganz ähnlich war es vor sieben Jahren in Mainz. Der dritte Fall ereignete sich vor sechs Jahren in Hanau, wo man von einem Suizid ausging. Die Überreste des Unternehmers, der kurz zuvor von seiner Frau verlassen worden war, wurden an der ICE-Strecke nach Fulda gefunden. Beim vierten Mord vor vier Jahren in Butzbach kam der Besitzer eines Autohauses ums Leben, als er an seinem Oldtimer schraubte und von der Hebebühne zerquetscht wurde. Das fünfte Mordopfer vor zwei Jahren in Idstein war der Inhaber einer Computerfirma. Er stürzte vom Dach seines Firmengebäudes und lag noch sechs Stunden im Koma, bevor er verstarb. Da er Diabetiker war, nahm man an, dass er, als er zum letzten Mal die Aussicht vom Dach genießen wollte, eine Unterzuckerung erlitten hätte und heruntergestürzt wäre. Erst später fiel auf, dass man bei einem Blutzuckergehalt von 80 mg/dl nicht unbedingt von einer akuten Unterzuckerung sprechen kann. Der sechste Todesfall vor einem Jahr geschah etwas weiter außerhalb, bei Bensheim. Der Mann wurde beim Wandern im Odenwald von einer Gerölllawine begraben. Da aber auch hier ein Unternehmer, der seine Firma aufgelöst hatte, das Ziel war, denke ich, er gehört genauso dazu wie Alfred. Fällt euch etwas auf?«

»Ja«, sagte Stefan. »Aus irgendeinem Grund hat der Täter vor fünf und vor drei Jahren mit den Morden ausgesetzt.«

»Oder es hat wie ein Unfall ausgesehen«, sagte Verena. »Schließlich sind die Morde von Mainz und Butzbach auch beinahe als Unfälle zu den Akten gelegt worden. Ebenso der in Idstein, hätte die Polizei nicht von vornherein gründlicher gearbeitet.«

»Bravo, Verena, das könnte durchaus sein. Ich rufe Oliver gleich noch mal an und bitte ihn, auch nach Unfällen zu suchen.«

Doch noch bevor Peter zum Hörer greifen konnte, klingelte das Telefon.

»Hallo, hier ist noch mal Olli. Ich hab noch mal nachgedacht und, weil zwei Fälle fast als Unfälle durchgingen, noch mal direkt nach Unfällen gesucht. Das Ergebnis hast du gleich auf dem Rechner.«

»Na so was«, sagte Peter verblüfft, »wenn ihr alles so gut im Griff habt, dann werde ich nicht mehr gebraucht und kann mich zur Ruhe setzen.«

»Ja, mach das«, sagte Oliver lachend, fügte dann aber hinzu: »Nein, jetzt bist du an der Reihe. Ich hab die Daten beschafft, die Schlüsse müsst ihr ziehen. Das ist nicht mein Metier. Dann frohes Schaffen. Tschüs.«

Kurze Zeit später trafen sechs weitere Artikel ein, die sich mit insgesamt drei Fällen befassten. Einer hatte sich zu ihrem Erstaunen in Kelkheim ereignet, am Hornauer Bahnhof. Der Tatort bei dem bislang unerkannten Mord vor fünf Jahren lag ganz in der Nähe der Taunusbahnstation Hundstadt. Ein angetrunkener Mann war in einer kalten Winternacht in einen Wassergraben gefallen und darin ertrunken. Der dritte noch nicht als Mord klassifizierte Fall war in Büdingen begangen worden.

»Fällt euch etwas auf?«, fragte Peter, der seinen Autoatlas herbeigeholt hatte.

»Na?«, fragte Stefan zurück.

»Die Orte, in denen die Morde begangen wurden, haben alle Bahnanschluss.«

»Stimmt.«

»Das passt zu unserer Hypothese, dass unser verarmter Täter kein eigenes Fahrzeug hat. Wie es aussieht, ist er immer mit der Bahn zum Tatort gefahren. Außerdem scheint er mit der Zeit immer wagemutiger geworden zu sein. Der Mord in Kelkheim war wohl sein erster; ganz nahe bei seinem Zuhause, und nach der Tat konnte er schnell wieder daheim in der Anonymität verschwinden. Inzwischen kann man auch Kelkheim als Wohnort des Mannes nicht mehr ausschließen, aber ich bin mir sicher, würde er hier wohnen, wäre er uns bestimmt einmal aufgefallen. Für mich ist Königstein der heißeste Kandidat.«

»Na prima, da haben wir ein weiteres Mosaiksteinchen«, sagte Stefan und gähnte herzhaft.

»Ich bin auch hundemüde, dieser Fall schafft mich völlig«, murmelte Peter und verschwand innerhalb von Sekunden in seinem Schlafzimmer.

Kurz darauf gingen auch Verena und Stefan in den ersten Stock hinauf. Trotz ihrer Müdigkeit konnten sie erst kaum abschalten, doch zum Glück gab es ein einfaches Mittel zur Ablenkung, das eigentlich immer wirkte. Verena rückte ganz dicht an Stefan heran, und kaum hatte sie das getan, verlor der Fall Fahrwaldt innerhalb von Sekunden an Bedeutung.

Am nächsten Morgen ging Stefan herzhaft gähnend hinunter zu Peter, der bereits im Wohnzimmer war und den Frühstückstisch deckte.

»Will Verena heute nicht aufstehen?«

»Nein, sie hat sich freigenommen.«

»Dann muss ich schnell noch ein drittes Gedeck auflegen. Hat sie denn so viel Urlaub?«

»Frag mich was Leichteres.«

Während Peter für Verena den Tisch deckte, stellte er im Vorübergehen den Fernseher an und erklärte: »Im Regionalprogramm Süd-West kommt nachher eine Dokumentation über den Dürkheimer Wurstmarkt. Da wollte ich schon immer mal hin, habe es bis heute aber nicht geschafft.«

»Was gibt's denn da, Würste?«

»Nein, Wein. Noch nie davon gehört? Es gilt als das größte Weinfest der Welt. Es fängt übrigens heute an.«

»Ein Weinfest? Das hört sich gut an. Warum fahren wir am Wochenende nicht einmal hin?«

»Erst muss ich den Fall Fahrwaldt abschließen. Vorher kann ich mich nicht amüsieren.«

»Wer will sich amüsieren?«, fragte Verena, die gerade zur Tür hereinkam.

»Stefan. Er möchte gern zum Dürkheimer Wurstmarkt fahren.«

»Gute Idee, warum nicht?«

»Ihr könnt gern allein fahren, mir ist nicht nach Feiern zumute, solange Annika gesiebte Luft atmet.«

»Aber, Peter, du musst doch auch mal …«

»Pssst, seid mal ruhig«, unterbrach Peter seine Nichte und zeigte auf den Fernsehschirm, wo in diesem Moment die Reportage über den Wurstmarkt begann.

Er setzte sich in seinen Fernsehsessel und verfolgte gespannt die Sendung. Auch Stefan und Verena sahen hin und wieder vom Frühstück auf, schenkten dem Film aber nicht halb so viel Aufmerksamkeit wie Peter. Auch nicht, als die Moderatorin den Unternehmer Hans Vollstadt ankündigte und interviewte.

»Herr Vollstadt, Sie waren in den letzten zwanzig Jahren immer ein eifriger Förderer des Dürkheimer Wurstmarktes. Dabei kommen Sie selbst gar nicht aus Bad Dürkheim, sondern aus Freinsheim. Was bringt Sie dazu?«

»Nun, meine Firma war in Bad Dürkheim.«

Als der Unternehmer *war* sagte, horchte Peter auf, und als die Moderatorin fragte: »Wollen Sie denn nun, da Ihre Firma verkauft wird, dem Wurstmarkt treu bleiben?«, fuhr er hoch und stellte laut.

Keine Sekunde zu früh, denn der Unternehmer sagte: »Aber selbstverständlich! Die Maschinen unseres Stahlbaubetriebes werden in Zukunft nahe Sofia stehen, auf dem Firmengelände werden bald Wohnungen gebaut. Das ändert aber nichts daran, dass ich mich der Kurstadt und ihrem Weinfest auch weiterhin als Förderer verbunden fühle!«

Peter hielt nichts mehr auf seinem Sessel.

Er sprang auf, schaltete den Fernseher ab und fragte: »Denkt ihr etwa auch, was ich jetzt denke?«

»Dieser Mann wäre ein idealer Kandidat für unseren Mörder«, antwortete Stefan nachdenklich, doch Verena fragte: »Meinst du? Er hat sonst immer in einem Abstand von ungefähr einem Jahr gemordet.«

»Stimmt, Verena, aber wenn er von diesem Mann erfahren hat, wer weiß …«, sagte Peter und wählte dabei schon Oliver Krauses Nummer.

Zu seiner Überraschung bekam er den Hacker sofort an die Strippe. Er bat ihn, in der Taunus-Zeitung und anderen Blättern nach Artikeln über Hans Vollstadt zu suchen. Nur zehn Minuten später rief Krause zurück und bestätigte, in der Taunus-Zeitung und in der Frankfurter Rundschau einen kurzen Artikel über Hans Vollstadt und dessen bevorstehenden Firmenverkauf gefunden zu haben. Peter bedankte sich und legte auf.

»Seid mir nicht böse, dass ich euch nicht sagen kann, wieso, aber ich habe das Gefühl, dieser Mann schwebt in akuter Lebensgefahr. Wisst ihr, was das bedeutet?«

»Wir fahren zum Wurstmarkt.«

»Genau. Aber mit einem kleinen Umweg über Freinsheim.«

»Nehmen wir das Auto?«

»Natürlich, wir wollen ja nicht feiern. Macht euch fertig; in einer halben Stunde geht's los.«

9.

Über die Autobahn brausten sie Freinsheim entgegen. Wie sie inzwischen herausgefunden hatten, bewohnte Hans Vollstadt eine kleine Villa im Neubaugebiet am östlichen Stadtrand. Wie sie es anstellen sollten, Hans Vollstadt vor dem Killer zu warnen, war ihnen bis zu diesem Zeitpunkt allerdings noch nicht eingefallen. Sie konnten ja schlecht bei ihm klingeln und sagen: Es könnte sein, dass ein Serienkiller hinter Ihnen her ist. Bleiben Sie zu Hause und passen Sie auf.

Nicht ganz zu Unrecht würde er fragen: Warum hat mich dann die Polizei noch nicht gewarnt?

Dann würden sie sich vorstellen und ihm ihre Theorie erklären und wie sie darauf kamen. Im günstigsten Falle würde er sie auslachen.

Aber so weit kam es gar nicht. Denn als sie in seine Straße einbogen, sahen sie den schweren Mercedes des Unternehmers gerade aus dem Hoftor fahren.

»Häng dich dran«, sagte Peter nur, und Stefan, der am Steuer von Verenas Wagen saß, nickte.

Dem Wagen zu folgen war kein Problem, denn die Fahrt ging nicht allzu weit. Schon am Bahnhof, kaum einen Kilometer von Hans Vollstadts Haus entfernt, hielt der Mercedes an, und der Unternehmer stieg auf der Beifahrerseite aus. Als Peter sah, wie er sich ins Wageninnere beugte und lebhaft mit seiner Frau sprach, öffnete er das Fenster und lauschte in Richtung der beiden. Während Stefan und Verena nur das Rauschen der Blätter in den Bäumen vor dem Bahnhof hörten, schien Peter der Unterhaltung des Ehepaars folgen zu können. Sein Gehör war phänomenal.

»Seine Frau kann ihn nicht wie geplant nach Bad Dürkheim zum Pressetermin fahren; um noch rechtzeitig zu kommen, muss er die Bahn nehmen. Seine Familie kommt später nach«, erklärte Peter. »Park den Wagen schnell ein, wir dürfen Vollstadt nun nicht mehr aus den Augen lassen.«

Noch während Stefan einparkte, kam der Regionalbus am Bahnhof an und spuckte unter anderem eine vielleicht dreißigköpfige Seniorengruppe aus, die dem Bahnhof zustrebte. Zu allem Überfluss kamen aus dem Ort ebenfalls zahlreiche Leute, die alle mit dem Zug um dreizehn Uhr zwanzig nach Bad Dürkheim fahren wollten. Hier in der Pfalz wusste man zu feiern und sich offensichtlich auch zu benehmen. In Kürze würden der Bahnsteig und auch der Zug bis zum Bersten gefüllt sein. Zum Glück würde die Fahrt nicht einmal zehn Minuten dauern.

Stefan war gerade dabei, den Wagen in eine der letzten freien Parklücken zu zwängen, da sah er ihn.

Der *Vertreter* stand nur einige Meter von Hans Vollstadt entfernt auf dem Bahnsteig. Stefan dachte nicht lange nach. Er ließ den Wagen halb eingeparkt stehen, rannte zum Bahnhofsgebäude und weiter zur Unterführung, die zu den Bahnsteigen führte. In diesem Augenblick sprang auch das Signal auf Grün, das dem Güterzug von Grünstadt nach Bad Dürkheim freie Durchfahrt gewährte. Noch während Stefan die ausgetretenen Stufen zum Bahnsteig hinaufhetzte, bremste der schwere Zug mit seinen fast dreißig Waggons an der letzten Kurve vor dem Freinsheimer Bahnhof ein wenig ab, bevor der Lokführer die schwere Diesellok wieder aufschaltete und der Zug erneut Fahrt aufnahm. Mit nahezu sechzig Kilometern in der Stunde näherte sich der Güterzug dem Bahnhof, als Stefan den Bahnsteig erreichte. Er war noch gut und gern fünfzig Meter von Hans Vollstadt entfernt. Da er ahnte, was gleich passieren würde, beschleunigte er nochmals, stieß ein Mitglied der Seniorengruppe recht unsanft zur Seite, bekam dafür einen Stockschirm übergebraten und kam kurz ins Straucheln.

Da passierte es. Sieben, acht Meter vor ihm katapultierte ein heftiger, blitzschnell ausgeführter Stoß Hans Vollstadt gerade in dem Moment auf die Gleise, als der Güterzug den Anfang des Bahnsteiges erreichte. Der Lokführer leitete sofort eine Notbremsung ein, hatte aber nicht die geringste Chance, den schweren Zug rechtzeitig zum Stehen zu bringen. Ohne zu zögern, sprang Stefan vom Bahnsteig auf die Schienen, obwohl der Güterzug kaum noch dreißig Meter entfernt war. Er packte den Unternehmer, der sich gerade aufrichten wollte, mit einem Spezialgriff, den er von seinem Kampfsporttrainer Dao Tae Wung gelernt hatte, am Kragen und beförderte Hans Vollstadt und sich, nur Sekundenbruchteile bevor der Zug sie erfasste, vom Gleis.

Der Lokführer hatte den Zug gut hundert Meter weiter endlich zum Stehen gebracht und sah kreidebleich aus dem Seitenfenster.

»Es ist nichts geschehen, Sie können weiterfahren«, rief Stefan dem Mann zu, dem sichtlich ein Stein vom Herzen fiel.

Kurz darauf setzte sich der Zug wieder in Bewegung.

In der Zwischenzeit waren auch Peter und Verena herbeigeeilt und halfen Hans Vollstadt, der noch immer am ganzen Körper zitterte, wieder auf den Bahnsteig zurück. Der *Vertreter* war in der Zwischenzeit im Gewühl untergetaucht und verschwunden.

Alle auf dem Bahnsteig klatschten laut Beifall, und am lautesten klatschte die alte Dame, deren Stockschirm Stefan so schmerzhaft zu spüren bekommen hatte. Stefan zwinkerte ihr kokett zu, sie lief knallrot an und verschwand im Pulk ihrer Begleiter.

Hans Vollstadt ließ sich unterdessen auf eine Bank sinken und stöhnte: »Ich bin gestoßen worden.«

»So?«, fragte Peter und stellte sich erst einmal unwissend.

»Ganz eindeutig. Ich habe einen Stoß von rechts hinten verspürt und bin im gleichen Moment schon vornüber gefallen. Mensch, war das ein Anblick, als die Lok auf mich zuraste. Danke, junger Mann, dass Sie so mutig waren. Ohne Sie wäre von mir nicht mehr viel übrig.«

In diesem Moment trafen auch zwei Polizisten aus dem nahen Grünstadt ein. Der Wirt des Bahnhofsbistros, der alles ganz genau beobachtet haben wollte, hatte sie alarmiert. Er kam mit umgebundener Schürze auf den Bahnsteig gelaufen, um seine Aussage zu Protokoll zu geben.

»Ich habe genau gesehen, wie Herr Vollstadt …«

»Sie kennen den Mann?«, unterbrach ihn einer der Polizisten.

»Aber natürlich. Herr Vollstadt ist ein bekannter Unternehmer hier in der Region und Bürger unserer Gemeinde. Außerdem ist er auch ein Freund und Förderer des Wurstmarktes.«

»Aha.«

»Was heißt denn das?«, fragte Stefan, und der Beamte, der sich als Polizeimeister Jens Lechner vorstellte, fragte: »Wer sind denn Sie, und was haben Sie mit der Sache zu tun?«

»Dieser Mann hat mich gerettet«, erklärte nun Hans Vollstadt dem verdutzten Polizeimeister, und der zweite Polizist meinte nur: »So, so.«

Dann erzählte der Wirt weiter: »Herr Vollstadt stand schon eine ganze Weile auf dem überfüllten Bahnsteig und wartete auf den Zug nach Bad Dürkheim, als er plötzlich das Gleichgewicht verlor und auf die Gleise fiel.«

»Zu Hause schon mal vorgefeiert, wie?«, fragte einer der Polizisten kumpelhaft grinsend, und Vollstadt rief entrüstet: »Was erlauben Sie sich, mein Herr! Ich werde mich über Sie beschweren. Ich wurde gestoßen, daran gibt es keinen Zweifel.«

»Von ihm?«, fragte der zweite Polizist, der sich als Polizeihauptmeister Friedhelm Kunkel vorgestellt hatte, und zeigte auf Stefan.

»Wohl kaum, denn der Stoß kam eindeutig von rechts hinten, und Herrn …«

»Weimershaus.«

»Herrn Weimershaus habe ich von links zu Hilfe eilen sehen.«

»Hat denn einer von Ihnen gesehen, dass Herr Vollstadt gestoßen wurde?«, fragte nun Lechner in Richtung der Menge, die sich deutlich zu lichten begann, obwohl der Zug nach Bad Dürkheim jeden Moment eintreffen musste. Aber die meisten Leute wollten nicht in diese Ermittlung hineingezogen werden und zogen es offenbar vor, später zu fahren.

Doch die geblieben waren, erklärten zutiefst überzeugt: »Nein, das hätte ich bemerkt.«

Hans Vollstadt war sich seiner Sache aber vollkommen sicher und wollte Anzeige gegen unbekannt erstatten. Dennoch gingen die Beamten nicht weiter darauf ein und schrieben stattdessen ein Unfallprotokoll. Es wurde für die Bahn gebraucht, da es den Lokführer seinem Arbeitgeber gegenüber entlasten sollte. Schließlich hatte er mit seiner Vollbremsung und der daraus entstandenen Zeitverzögerung dafür gesorgt, dass der Fahrplan in der gesamten Region an diesem Nachmittag ziemlich durcheinandergewirbelt wurde.

Nach einigen erfolglosen Versuchen gab Hans Vollstadt es auf zu versichern, dass er gestoßen worden war, und auch die Detektive ließen es vorerst dabei bewenden. Sie fragten den Unternehmer stattdessen, ob sie ihn nach Hause bringen sollten.

»Das wäre nett. Ich müsste zwar zu einem Pressetermin zum Wurstmarkt, aber ich bin fix und fertig und kann in diesem Zustand ohnehin kein Interview geben.«

Dann folgte er den dreien zum Auto.

Er nahm auf dem Beifahrersitz Platz, Peter setzte sich ans Steuer, und Stefan kletterte zu Verena auf den Rücksitz.

Peter startete den Wagen und sagte: »Wir wissen, dass Sie gestoßen wurden«, und als Vollstadt ihn entgeistert und auch etwas ängstlich ansah, fügte er schnell hinzu: »Keine Angst; wir haben nichts damit zu tun. Wir sind Privatdetektive. Heute Morgen haben wir durch Zufall erfahren, dass Sie gefährdet sein könnten, und waren auf dem Weg, um mit Ihnen Kontakt aufzunehmen. Als wir sahen, dass Sie zum Bahnhof gebracht wurden, haben wir uns an Ihre Fersen geheftet. Das ist übrigens der Mann, der Sie gestoßen hat.«

Bei seinen letzten Worten zog Peter Jörg Altmanns Zeichnung aus der Jackentasche und reichte sie Vollstadt.

»Ja, diesen Mann habe ich auf dem Bahnsteig gesehen. Aber warum sollte er mich töten wollen?«

»Weil er ein Serienmörder ist.«

»Warum haben Sie das der Polizei nicht gesagt?«

»Weil wir schon seit Wochen an diesem Fall dran sind und bislang erfolglos versucht haben, die Polizei von unserer Theorie zu überzeugen. Wenn schon die Staatsanwaltschaft und Hauptkommissar Beierlein von der Darmstädter Kripo uns nicht glauben, wie groß wäre wohl die Chance gewesen, dass diese uniformierten Beamten, die nicht in die Zusammenhänge eingeweiht sind, es tun?«

In diesem Augenblick fuhren sie vor dem Bungalow des Unternehmers vor. »Kommen Sie bitte mit rein«, sagte Vollstadt. »Ich möchte Sie meiner Frau vorstellen. Und ich will mehr über diesen Serientäter erfahren.«

Die drei stimmten erfreut zu, denn mit dieser Reaktion hatten sie nicht gerechnet.

Sie nahmen in einem riesigen Wohnzimmer Platz, und Vollstadts Frau brachte allen etwas zu trinken. Er erzählte ihr, was nicht einmal eine Stunde zuvor geschehen war.

Lena Vollstadt, eine überaus attraktive, dunkelhaarige Mittvierzigerin, fiel vor Schreck beinahe in Ohnmacht, fing sich aber schnell wieder und wusch ihrem Mann erst einmal den Kopf: »Wärst du mit dem Taxi gefahren, wie ich es dir gesagt habe, wäre das nicht passiert. Aber du musstest ja unbedingt den Zug nehmen. Na ja, morgen kommt mein Auto aus der Werkstatt, dann kannst du deins wieder haben.«

»Du hast ja recht, mein Schatz«, lenkte Hans Vollstadt ein, und seine Frau, die genau wie ihr Mann an den Hintergründen interessiert war, hörte den Detektiven gespannt zu.

Peter umriss die gesamte Vorgeschichte, angefangen mit seiner Bekanntschaft zu Annika Fahrwaldt, und endete mit den Erkenntnissen, die ihnen Oliver Krause am Morgen übermittelt hatte.

»Da kann ich ja richtig froh sein, dass Sie sofort gekommen sind«, sagte Hans Vollstadt, und Peter meinte: »Ja, und wir erst. Natürlich vor allem, weil Sie unversehrt geblieben sind. Nur eine Minute später, und wir hätten nichts mehr tun können. Und wie hätten wir ihn jemals erwischen sollen? Aber so …«

»Aber so was?«

»So können wir ihm eine Falle stellen. Er weiß ja nicht, wie dicht wir ihm schon auf den Fersen sind. Darin liegt unsere Chance. Leider haben wir weder einen Namen noch eine Adresse und schon gar kein Foto von ihm. Wenn er abtaucht oder sein Aussehen verändert, haben wir gar nichts mehr. Nur seine Handlungsweise kennen wir.«

»Kann ich da mitmachen? Ich fühle mich von ihm persönlich beleidigt. Ich würde mich bei einer Falle auch als Zielobjekt zur Verfügung stellen.«

»Wie bitte?«, fragten die drei, und auch Frau Vollstadt traute ihren Ohren kaum.

»Du bist wohl nicht ganz gescheit!«, schrie sie aufgebracht.

»Doch, doch.«

»Nein, Hans, da verweigere ich meine Zustimmung.«

»Schatz, du weißt, dass ich fast immer das mache, was du sagst. Aber dieses Mal nicht.«

»Verdammt! Ich lasse nicht zu, dass sich der Vater meiner Kinder in Gefahr begibt.«

»Wie nennst du es denn«, fragte Vollstadt seine Frau nicht minder energisch, »wenn ich den Kopf in den Sand stecke, und der Mann schlägt in drei, vier Wochen erneut zu?«

»Ja, aber …«, bäumte sich Lena Vollstadt ein letztes Mal

auf, bevor sie resignierend fragte: »Willst du das wirklich?«

»Ja, ich möchte gern mithelfen, diesen Mann zu stellen. Was kann ich tun?«

»Am besten kommen Sie mit nach Darmstadt und berichten Kommissar Beierlein, was hier vorgefallen ist. Wenn Sie es schaffen, ihn für unsere Theorie zugänglich zu machen, hätten Sie uns sehr geholfen.«

»Dann gleich los. Der Wurstmarkt kommt auch mal ohne mich aus.«

Zwei Stunden später, es war schon fast achtzehn Uhr, stiegen die vier die Treppen zu Beierleins Büro im Darmstädter Präsidium hinauf. Sie hatten von unterwegs angerufen und sich vergewissert, dass der Kommissar noch im Dienst war. Als Beierlein sich gemeldet hatte, hatte Vollstadt mit ihm gesprochen und wichtige Beweise im Fall Fahrwaldt angekündigt. Damit hatte er genau die Reaktion hervorgerufen, die sie sich erhofft hatten: Hauptkommissar Beierlein hatte Vollstadt gebeten, umgehend im Präsidium zu erscheinen. Nun standen sie vor seiner Tür und klopften an.

Wolfgang Beierlein, der noch nichts Böses ahnte, rief freundlich: »Herein«, und mit Hans Vollstadt traten die drei Detektive ins Zimmer.

»Oh nein, ich hätte es besser wissen müssen«, stöhnte er auf und fügte dann resignierend hinzu: »Welche dubiosen Beweise schleppen Sie mir denn nun wieder an?«

»Mich«, sagte Vollstadt kurz und stellte sich, nachdem der Kommissar ihn einige Sekunden lang angestarrt hatte, vor: »Ich bin Hans Vollstadt, ein Unternehmer aus der Nähe von Bad Dürkheim. Jemand wollte mich heute Morgen auf dem Bahnhof meiner Heimatgemeinde Freinsheim ermorden.«

»Ermorden?«, fuhr der Kommissar hoch und starrte den Unternehmer entgeistert an.

»Ja«, sagte Vollstadt ruhig und zeigte auf die Zeichnung, die Peter einmal mehr hervorgezogen hatte. »Dieser Mann hat mich vor einen Zug gestoßen. Wenn Herr Weimershaus mich nicht im letzten Moment von den Gleisen gezogen hätte, könnte ich jetzt nicht mehr mit Ihnen sprechen.«

»Donnerwetter«, entfuhr es dem Kommissar fast schon gegen seinen Willen. Aber schnell wurde er wieder abweisend und sagte mürrisch: »Aha, jetzt glauben Sie also diesen Mist von einem mordenden Vertreter auch. Warum behaupten Sie nicht gleich, es handele sich um einen Serientäter?«

»Genau so ist es ja«, rief Peter, dem gerade bewusst wurde, dass Beierlein noch nichts von ihren Erkenntnissen der letzten Tage wusste.

»Was, eine Mordserie? Das wollen Sie mir doch nicht ernsthaft einreden, oder?«

»Wir haben Beweise.«

»Beweise? Dass ich nicht lache.«

»Wir haben sie unten im Auto. Damit wollten wir eigentlich Herrn Vollstadt überzeugen, dass er in akuter Lebensgefahr schwebt.«

»Das brauchen Sie ja nun nicht mehr«, sagte Vollstadt, und Beierlein meinte mit süßsaurem Grinsen: »Stettner, holen Sie das Zeug, sonst werde ich Sie nie los. Ich rufe in der Zwischenzeit die Polizeiwache in Grünstadt an. Mal sehen, was die Kollegen dort sagen.«

»Die Kollegen meinen, weil ich auf dem Weg zum Dürkheimer Wurstmarkt war, hätte ich zu Hause schon vorge-feiert und wäre gestolpert.«

»Ist ja auch nicht von der Hand zu weisen«, brummte Beierlein leise, aber Vollstadt verstand ihn sehr gut: »Ich war auf dem Weg zu einem Radio-Interview, da fährt man nicht besoffen.«

Der Kommissar ließ diese Aussage erst einmal unkom-mentiert und fragte stattdessen: »Wie hieß denn der Be-amte, der das Protokoll aufgenommen hat?«

»Das waren Polizeihauptmeister Kunkel und Polizei-meister Lechner.«

Beierlein ließ sich mit Kunkel, der noch Dienst hatte, ver-binden und erklärte ihm, weshalb er anrief.

Dann hörte er mindestens fünf Minuten lang zu und fragte zur Sicherheit noch einmal nach: »Sind Sie sich ganz sicher, dass Fremdverschulden ausscheidet?«

Erneut hörte er seinen Pfälzer Kollegen lange zu, dann bedankte er sich und legte auf.

Er drehte sich zu Hans Vollstadt und den Detektiven um und sagte: »Herr Vollstadt, meine Kollegen in Grünstadt haben vollkommen korrekt gearbeitet; ich kann keinen Fehler entdecken. Ich frage Sie deshalb noch mal: Kann es nicht sein, dass Sie gestolpert sind und vor Schreck geglaubt haben, gestoßen worden zu sein?«

»Nein, bestimmt nicht.«

»Denken Sie genau nach. Ist es vielleicht doch so, dass Sie einfach das Gleichgewicht verloren haben? Schließlich haben die Beamten vor Ort zweiundzwanzig Passanten so-wie den Wirt des Bahnhofsbistros befragt, und nicht ein Einziger hat etwas davon gesehen, dass Sie gestoßen wur-den. Und könnte es nicht doch sein, dass Sie vorher einen gezwitschert hatten?«

»Ich verbitte mir diesen Ton!«, fuhr Vollstadt den Kommissar scharf an. »Ich habe zum Mittagessen ein Glas Wein getrunken, aber nichts weiter. Sie werden ja hoffentlich nicht behaupten wollen, dass ich davon zu besoffen war, um einen Fuß vor den anderen zu setzen.«

»Äh ja«, war alles, was dem Kommissar dazu einfiel, denn er wurde von der Autorität in der Stimme des Unternehmers quasi überrollt.

In diesem Augenblick kam Peter zurück und wedelte mit der Mappe, die ihre Aufzeichnungen sowie alle Zeitungsartikel enthielt, triumphierend vor Beierleins Gesicht herum.

Dazu sagte er: »Hier ist alles dokumentiert. Angefangen von unseren ersten, noch ziemlich ins Leere laufenden Nachforschungen bis hin zu den Morden der Serie. Wenn Sie das gelesen haben, können Sie Ihre Augen nicht mehr vor den Tatsachen verschließen.«

Beierlein nahm die Mappe, schlug sie auf und vertiefte sich in die Dokumente.

Er hatte schon einige Seiten gelesen, da hob er den Blick, grinste Peter an und sagte: »Das mit den jungen Frauen wollen Sie mir doch nicht ernsthaft als Beweis für eine Mordserie verkaufen?«

»Nein, aber wie gesagt, auch unsere Irrwege sind dokumentiert. Lesen Sie weiter, und Sie werden uns recht geben müssen.«

»Haben Sie denn eine junge Frau, Herr …«

»Vollstadt. Nun, meine Frau ist zwar bedeutend jünger als ich, aber sie mit ihren sechsundvierzig Jahren als jung zu bezeichnen, wäre mir nicht in den Sinn gekommen.«

Beierlein wurde von der Antwort des Unternehmers für einen kurzen Moment aus dem Konzept gebracht, deshalb brauchte er einige Sekunden, bis er sagte: »Äh, ja, sag ich ja«, und genervt weiterlas.

Es dauerte gar nicht lange, da blickte er erneut von der Mappe zu den Detektiven auf: »Ich glaube, ich weiß, worauf Sie hinauswollen. Aber das dürfte wohl eher ein Zufall sein. Herr Vollstadt, Sie haben doch sicher Kinder, oder?«

»Ja, eine Tochter und einen Sohn.«

»Eben. Deshalb werden Sie ja wohl kaum Ihre Firma verkaufen wollen, oder?«

»Doch. Sehen Sie, meine neunjährige Tochter ist hochbegabt, und nach allem, was wir über ihre musischen Neigungen wissen, wird die Stahlbaubranche nie ihre berufliche Heimat werden. Mein Sohn ist erst vier. Bis er einmal in der Lage wäre, die Firma zu leiten, bin ich im günstigsten Falle fünfundsiebzig. So lange wollte ich nun wirklich nicht arbeiten. Außerdem macht es keinen Sinn, meine Kinder durch meine Erwartungshaltung an die Werkbank zu zwingen. Sind Ihre Fragen damit beantwortet?«

»Ist ja schon gut«, ruderte Beierlein zurück, denn damit hatte er nicht gerechnet. Stattdessen wurde er zunehmend nachdenklicher, nahm sich die Mappe ein weiteres Mal vor, und es dauerte gar nicht mehr lange, da begann er, immer hektischer in den Berichten zu blättern. Verschiedene Stellen las er drei- oder viermal, und als er dreißig Minuten später die Mappe beiseitelegte, starrten ihn vier Augenpaare erwartungsvoll an.

»Ich sag's ja nicht gerne, aber inzwischen glaube ich auch, dass da etwas dran sein könnte. Es ist zwar ein Desaster für mich, dass ich mir von Amateuren sagen lassen muss, wie ich meinen Job zu machen habe, aber okay. Gleich morgen früh werde ich die Staatsanwaltschaft dahin gehend informieren, dass im Fall Fahrwaldt neue Aspekte aufgetaucht sind, die eine Nachermittlung unbedingt notwendig machen. Vermutlich reichen die von Ihnen vorgelegten Beweismittel noch nicht aus, damit Frau Fahrwaldt auf freien Fuß kommt, aber bestimmt wird der Prozess für einige Tage unterbrochen.«

»Na, das wäre doch schon mal etwas. Und verschafft uns Luft«, sagte Peter und kam auf sein eigentliches Anliegen zu sprechen. »Wenn wir dem Täter eine Falle stellen, kommen wir am schnellsten an ihn ran.«

»Eine Falle? Wie soll denn das gehen?«

»Vielleicht könnte ich den Lockvogel spielen?«, schlug Hans Vollstadt vor.

»Wie bitte?«, fragte Beierlein und sah ihn erschrocken an. »Herr Vollstadt, die Polizei ist dafür da, die Bürger zu schützen, und nicht, sie in Gefahr zu bringen. Das lassen Sie mal schön unsere Sorge sein.«

»Schade. Ich fühle mich durch diesen Mann nämlich nicht nur bedroht, sondern auch zutiefst beleidigt. Ich hatte zu gern mitgeholfen, ihn dingfest zu machen.«

»Ich habe mir auf der Fahrt hierher einen Plan ausgedacht, wie wir den Mörder aus der Reserve locken können«, sagte Peter und hatte sofort die ungeteilte Aufmerksamkeit aller im Raum. »Wir müssten dazu eine Zeitungsmeldung herausgeben, dass Herr Vollstadt im Besitz eines Videofilms ist, der seinen Sturz vom Bahnsteig zeigt. Er kündigt weiter in der Meldung an, dass er den Film, da man ihm bei der örtlichen Polizei nicht glauben will …«

»Moment mal«, unterbrach Beierlein Peters Redefluss, »Herr Vollstadt lebt nicht in meinem Zuständigkeitsbereich, ja sogar in einem anderen Bundesland. Auch wenn die Beziehungen zwischen den rheinland-pfälzischen und den hessischen Behörden im Allgemeinen gut sind, kann ich nicht so ohne Weiteres in Freinsheim operieren. Dazu muss ich mich mit der örtlichen Polizei kurzschließen. Andernfalls komme ich in Teufels Küche. – Aber sprechen Sie erst einmal weiter.«

»Also, die örtliche Polizei glaubt Herrn Vollstadt, der Parallelen zu dem Mordfall in Darmstadt erkannt haben will, nicht, und so kündigt er an, den Film persönlich nach Darmstadt ins Präsidium zu bringen. Dem Mörder bleibt dann gar nichts anderes übrig, als die vermeintliche Übergabe zu verhindern. Er muss erneut zuschlagen, bevor ihn jemand auf dem Film erkennt. So können wir in Ruhe eine Falle aufbauen, in die er hineintappt, sobald er Herrn Vollstadt ermorden will.«

Der Kommissar dachte eine Weile schweigend nach, dann sagte er: »Auch wenn's mir nur zögernd über die Lippen kommt, alle Achtung, Herr Stettner, Frau Stettner, Herr Weimershaus. Sie haben ganz hervorragende Arbeit geleistet. Das mit der Falle ist aber nicht ganz ungefährlich. Deshalb frage ich Sie noch mal, Herr Vollstadt, wollen Sie sich allen Ernstes als Lockvogel zur Verfügung stellen?«

»Unbedingt.«

»Vielleicht müssen wie Sie ja nicht in vorderster Front einsetzen. Allerdings müssten Sie dann einem Beamten, der Ihnen ähnlich sieht, Zugang zu Ihrem Haus gewähren. Er müsste in der Nacht, bevor die Falle zuschnappen soll, bei Ihnen übernachten. Und dann morgens so verkleidet, dass er für den Mörder nicht von Ihnen zu unterscheiden ist, mit Ihrem Wagen losfahren. Ich glaube inzwischen auch, dass der Mörder nichts anbrennen lassen wird.«

»Ja klar, das ist kein Problem«, meinte Vollstadt, und Peter fragte: »Morgen kriegen wir das nicht mehr in der Zeitung unter, oder?«

»Kaum. Welches Blatt müsste es denn sein? Darmstädter Echo, Frankfurter Rundschau?«

»Am besten wäre es in der Taunus-Zeitung.«

»Wieso? Ach, ich verstehe. Sie vermuten ja, dass der Mörder in Königstein lebt.«

»Außerdem haben wir Grund zu der Annahme, dass er sich sein Wissen nicht nur über Herrn Vollstadt, sondern auch in den anderen Fällen aus der Taunus-Zeitung geholt hat. Über eines seiner Opfer wurde ausschließlich dort berichtet.«

»Aha. Leider schaffe ich das bis morgen auf keinen Fall, denn zu dieser Zeitung habe ich keine Verbindungen. Da muss ich erst feststellen, an wen ich mich wenden kann. Außerdem muss ich erst das Okay der Kollegen in der Pfalz einholen. Wenn die nicht zustimmen, ist der Plan ohnehin gestorben.«

»Was die Zeitung angeht, kann ich wahrscheinlich weiterhelfen. Rufen Sie Hauptkommissar Claus Mergentheimer von der Hofheimer Kripo an. Das ist ein Freund von mir. Berufen Sie sich auf mich, dann geht alles wie von selbst. Vielleicht bekommen wir den Artikel doch noch bis Montag in die Zeitung. Dann kann die Falle am Dienstag zuschnappen.«

»Das wäre hervorragend«, freute sich nun auch Kommissar Beierlein, der inzwischen jeden Widerstand hatte fallen lassen und Feuer und Flamme für Peters Plan war.

Er ging ins Nebenzimmer und rief bei den Kripo-Kollegen in Neustadt an der Weinstraße sowie bei der Staatsanwaltschaft an.

Mit Hauptkommissar Uwe Tacht sprach Beierlein nur wenige Augenblicke, aber das Gespräch mit der zuständigen Staatsanwältin gestaltete sich mehr als schwierig. Es wurde zu einem hitzigen und kontroversen Wortgefecht.

Als Beierlein gute fünfzehn Minuten später zurückkam, sagte er: »Die Kollegen aus Neustadt finden unseren Plan zwar nicht sehr prickelnd, aber Kommissar Tacht hat zugesagt, sich morgen mit mir zu treffen, um unser Vorgehen abzustimmen. Mit der Staatsanwaltschaft hatte ich allerdings so meinen Kampf. Ich hatte alle Mühe, denen wenigstens zwei Tage aus den Rippen zu leiern. Aber am Mittwoch früh geht es weiter, da ist nichts mehr zu machen. Eine Haftentlassung von Frau Fahrwaldt wegen berechtigter Zweifel an ihrer Täterschaft kam für die leitende Staatsanwältin Barbara Zett nicht infrage. Aber gut. Lassen Sie uns schnell den Zeitungsartikel aufsetzen, damit ich noch heute Ihren Freund anrufen kann.«

Die fünf saßen an diesem Abend noch lange im Präsidium zusammen, und als sie sich von Kommissar Beierlein verabschiedeten, war es halb elf.

10.

Als Peter am Montagmorgen die Taunus-Zeitung aufschlug, musste er enttäuscht feststellen, dass nichts über Hans Vollstadt darin stand. Weder auf der Titelseite noch im Wirtschaftsteil und schon gar nicht unter Vermischtes. Er rief unverzüglich seinen Freund Claus an und fragte ihn, ob Hauptkommissar Beierlein sich nicht mit ihm in Verbindung gesetzt habe.

»Doch, doch«, bestätigte Claus, »am Samstagmorgen, zu Hause und in aller Herrgottsfrühe. Zuerst war ich ganz schön sauer, aber als er deinen Namen erwähnte, war mir klar, dass es eilt. Er hat mir erklärt, um was es ging, und ich hab mich gleich ans Telefon gehängt. Es war gar nicht so einfach, den zuständigen Redakteur am Wochenende zu erreichen; aber ich hab's geschafft. Der Artikel wird zwar erst in der Dienstagsausgabe erscheinen, dafür aber auf der Titelseite.«

»Okay, besser als nichts.«

»Besser als nichts? Hör mal, ich schlage mir das ganze Wochenende um die Ohren …«

»'Tschuldige, Claus, war nicht so gemeint. Demnächst ziehen wir mal wieder los, und ich bezahle.«

»Das ist ein Wort. Aber sag mal, geht's immer noch um den Fall Fahrwaldt?«

»Allerdings.«

»Mensch, Peter, du hängst dich aber ganz schön rein. Ich hab bei Gericht Dr. Pfannmöller getroffen, er hat mir erzählt, du hast alles andere hinten angestellt. Er macht sich Sorgen, dass du dich da in etwas verrennst …«

»Dafür gibt es keinen Grund. In einigen Tagen werden wir Annika Fahrwaldt freibekommen haben. Dafür wächst sich der Fall inzwischen zu einer Mordserie aus. Einer Serie, die bereits vor zehn Jahren begann. Es wird langsam mal Zeit, dass dem Typen das Handwerk gelegt wird.«

»Was? Das darf doch nicht wahr sein. Ich hab mir schon gedacht, dass da mehr dahintersteckt, aber so was? Um wie viele Morde geht es denn?«

»Wir wissen von zehn Morden und einem Mordversuch. Kommissar Beierlein und ich stellen dem Mann mit der Zeitungsmeldung eine Falle.«

»Das ist mir klar. Aber wenn alles vorbei ist, will ich die Fakten aus erster Hand erfahren.«

»Klar doch. Aber jetzt muss ich auflegen – es ist noch viel zu tun.«

In der Zwischenzeit war Stefan aus seinen Räumen nach unten gekommen, und Peter, der gerade am Küchentisch saß und frühstücken wollte, fragte: »Ist Verena schon weg?«

»Schon lange. Gibt's was Neues?«

»Der Artikel wird erst morgen erscheinen, dafür aber auf der Titelseite.«

»Warum denn so spät?«

»Weil es gar nicht so einfach war, ihn in einer gewissen Größe unterzubringen«, antwortete Peter und berichtete ausführlich von seinem Gespräch mit Claus, den Stefan seit der Sache mit den Neo-Nazis auch gut kannte.

Als er fertig war, meinte Stefan: »Na ja, das ist gar nicht mal schlecht. Aber jetzt muss ich erst mal frühstücken.«

Am Montagmorgen wartete Annika vergeblich darauf, dass die beiden Vollzugsbeamten kamen und sie zum Gericht fuhren. So paradox es klang: Auch wenn mit jedem Tag das Ende des Prozesses und damit vermutlich ihre Verurteilung näher rückte, so wartete sie doch schon sehnsüchtig auf den kurzen Moment der *Freiheit,* wenn sie durch die frische Luft ins Gerichtsgebäude gebracht wurde.

Als es schon neun Uhr war und die beiden Beamten immer noch nicht da waren, fragte sie sich, was denn geschehen war. Lange brauchte sie nicht auf eine Antwort zu warten, denn nur wenige Minuten später kam eine Vollzugsbeamtin und brachte sie zur Anstaltsleiterin.

»Was ist denn los?«, fragte Annika auf dem Weg dorthin.

»Weiß ich nicht, ich hab nur gehört, dass der Prozess für zwei Tage ausgesetzt wurde.«

»Was hat das zu bedeuten?«

»Was weiß ich«, brummte die mürrische Beamtin, packte Annika am Arm und zog sie mit sich.

Vor der Bürotür sagte sie: »Na los, geh schon rein«, und ließ Annika los, die anklopfte und eintrat.

»Guten Morgen, Frau Fahrwaldt«, begrüßte sie Frau Sparwasser, die Leiterin des Frauentraktes.

»Guten Morgen«, antwortete Annika unsicher und wartete auf das, was nun kommen würde.

»Frau Fahrwaldt, können Sie sich denken, warum ich Sie herbestellt habe?«

»Hat es etwas damit zu tun, dass ich heute Morgen nicht zum Gericht gebracht wurde?«

»Ganz genau. Es sind, wie man mir mitteilte, aus Sicht der Kripo neue Anhaltspunkte aufgetaucht, die auf Ihre Unschuld hindeuten könnten. Man hat eine Prozessunterbrechung für drei Tage beantragt, aber die Staatsanwaltschaft, die Sie nach wie vor für schuldig hält, hat nur zwei Tagen zugestimmt.«

»Halten Sie mich denn für unschuldig, Frau Sparwasser?«

»Darüber steht mir kein Urteil zu, ja noch nicht einmal eine Meinung. Ich bin hier die Anstaltsleiterin, aber weder Richterin noch Staatsanwältin.«

»Aber Ihre ganz persönliche Meinung?«

»Die hat draußen zu bleiben, vor den Toren der Haftanstalt. Ich habe jede Insassin gleich zu sehen und zu behandeln, auch wenn ich zugeben muss, dass Sie mir nicht unsympathisch sind. Ich sage nur so viel: Machen Sie sich nicht allzu viele Sorgen, Frau Zett, die für Ihren Fall zuständige Staatsanwältin, ist als stahlhart bekannt. Sie hätte einer Haftentlassung nicht einmal zugestimmt, wenn Ihre Unschuld mittlerweile feststehen würde. Ich für meinen Teil vermute inzwischen tatsächlich … aber das gehört nicht hier her.«

»Trotzdem danke.«

»Äh, ja, so, jetzt wissen Sie Bescheid. Sie werden erst am Mittwoch wieder zum Gericht gebracht. Ich denke, dass sich Ihr Anwalt noch heute mit Ihnen in Verbindung setzen wird. Die Beamtin wird Sie nun wieder in Ihre Zelle bringen. Auf Wiedersehen.«

»Auf Wiedersehen«, sagte auch Annika und wirkte gefasst, aber in ihrem Inneren brodelte es.

Sie war durch den neuen Funken Hoffnung so aufgewühlt und aufgekratzt wie seit ihrer Verhaftung nicht mehr. Aber noch während sie in ihre Zelle zurückgebracht wurde, begannen die Gedanken in ihrem Kopf zu rotieren. Würde sie bald frei sein, oder würde alles im Sande verlaufen? Würde die Staatsanwältin am Ende die neuen Beweise in der Luft zerreißen und sie in der Zelle verrotten lassen, obwohl sie nichts getan hatte? Was wurde dann aus ihrem Sohn?

»Sven, was machst du gerade?«, sagte sie leise vor sich hin, und die Beamtin sagte barsch: »Red laut, oder lass es sein.«

Nur wenige Sekunden später waren sie bei Annikas Zelle angekommen. Die Beamtin schloss die Tür hinter ihr zu.

Sie warf sich aufs Bett und kämpfte tapfer mit ihren Tränen. »Ach, Sven«, sagte sie leise, »hoffentlich bekommst du nicht allzu viel hiervon mit, und es erfährt in deinem Umfeld niemand etwas davon. Sonst würde dein Leben für dich zu einem einzigen Spießrutenlauf. Besonders wenn sie mich verurteilen. Ach, Sven, ach, Mutti, ihr müsst stark sein, wenn sie mich trotz allem verurteilen. Mutti, ich hoffe, du stehst das durch.«

Dann begann Annika, hemmungslos zu weinen, und jäh wurde sie von so heftigen Kopfschmerzen attackiert wie noch nie zuvor in ihrem Leben. Da half auch die Verlegung auf die Krankenstation und die Verabreichung extrem starker Schmerzmittel nichts. Dieser heftig pochende Schmerz begleitete sie bis in die frühen Morgenstunden des Mittwochs, und erst als die Beamten kamen, um sie zum Gericht zu bringen, ging es ihr wieder gut genug, um dem Anstaltsarzt ein Einverständnis abzuringen.

Während Annika Fahrwaldt auf der Krankenstation lag und die Detektive am Dienstag auf das Erscheinen der Taunus-Zeitung warteten, war der Mann dabei, sich sinnlos zu betrinken. Er hatte, seit er am Freitag von seiner gescheiterten Mission zurückgekommen war, sechs Flaschen billigen Fusel vertilgt und wollte gerade die siebte Flasche öffnen, die er erst an diesem Morgen besorgt hatte. Vier Tage war es nun her, dass sein so sorgfältig ausgetüftelter Plan gründlich in die Hose gegangen war. Dass Vollstadt ausnahmsweise mit dem Zug fahren wollte, hatte sich hervorragend in seinen Plan eingefügt und viel schneller als gefürchtet zu einer Situation geführt, die er für die Tat nutzen konnte. Auch hatte er wie geplant unentdeckt im Menschengewühl entkommen können. Aber dass dieser junge Mann ohne Rücksicht auf sein eigenes Leben vor den Zug gesprungen war und Vollstadt im letzten Moment von den Gleisen gezogen hatte, war beim besten Willen nicht vorhersehbar gewesen. Wenn er sein Werk vollenden wollte – und nichts weiter zählte! –, dann würde er erneut zuschlagen müssen. Aber erst einmal sollte Gras über die Sache wachsen. Schließlich hatte Hans Vollstadt gemerkt, dass er gestoßen worden war, und dies bestimmt bei der Polizei zu Protokoll gegeben. Das nächste Mal musste es unbedingt wie ein Unfall aussehen.

Vielleicht würde er in einigen Wochen ein Auto stehlen und Vollstadt irgendwo auf einer einsamen Gebirgsstraße im Pfälzer Wald, fernab jeder Siedlung, von der Straße drängen. Am besten, ohne dass die Wagen sich berührten. Aber er musste das sorgfältig planen und durfte auf keinen Fall nachlässig werden. Erst dieses Missgeschick beim Schlag auf Alfred Fahrwaldts Kopf, dann dieser unerwartete Helfer. Es ärgerte ihn, dass gerade die schlimmsten Typen am meisten Glück hatten.

»Immer mit der Ruhe und nichts überstürzen«, sagte er laut zu sich selbst und setzte die noch halb volle Schnapsflasche an den Mund.

Während er gierig schluckte, fiel sein Blick auf die Zeitung, in der die beiden Flaschen eingewickelt waren. Mitten von der Titelseite prangte ihm das Gesicht Hans Vollstadts entgegen.

Der Mann verschluckte sich heftig, spuckte die Hälfte des Getränks wieder aus, sodass die Zeitung nass wurde.

Dennoch nahm er das Blatt in die Hand, sah das Bild hasserfüllt an und knurrte: »Was willst du … du … Arschloch, dass du mich auch noch hier in meinem Heim belästigen musst. Um Gnade winseln? Nein, du hast es verdient zu sterben, und du stirbst, so wahr ich Karl Leimnitz heiße.«

Dann nahm der Mörder einen weiteren riesigen Schluck aus der Flasche und las die Schlagzeile:

»*MORDVERSUCH? Wurde Unternehmer aus Freinsheim (Pfalz) vor Zug gestoßen?*«

Wie elektrisiert starrte Karl Leimnitz den Artikel an, stellte wie ferngesteuert die Schnapsflasche ab, verschloss sie fest und begann zu lesen:

Der Unternehmer Hans Vollstadt aus Freinsheim, der am frühen Nachmittag des 10. September im örtlichen Bahnhof vor einen herannahenden Güterzug gestürzt war und nur durch den beherzten Einsatz des 28-jährigen Stefan Weimershaus vor dem sicheren Tod bewahrt worden war, erhebt schwere Vorwürfe gegen eine noch unbekannte Person. Er behauptet, von einem Mann vor den Zug gestoßen worden zu sein. Wie uns die Pressestelle der zuständigen Polizeistation allerdings bestätigte, gibt es keinerlei Anlass, dieser Schilderung Glauben zu schenken.

Vielmehr stehe für die Beamten fest, dass der Unternehmer, der als großzügiger Förderer des Dürkheimer Wurstmarktes bekannt ist, sich schon vor Antritt der Bahnfahrt auf das Fest »vorbereitet« habe und infolgedessen vornübergekippt sei.

Nun behauptet Hans Vollstadt aber, im Besitz einer Video-Dokumentation zu sein, die auch die Szene auf dem Bahnsteig beinhaltet. Da er, wie er uns mitteilte, bei den örtlichen Behörden noch immer kein Gehör finde, will der renommierte Unternehmer, der in diesem von ihm vermuteten Anschlag auf seine Person Parallelen zum Fall Fahrwaldt in Darmstadt zu erkennen glaubt, sich an die dortigen Behörden wenden. Er wird den Film der Darmstädter Kripo zu Analysezwecken zur Verfügung stellen.

Wie Hans Vollstadt unserer Zeitung mitteilte, beabsichtigt er den Film, sobald die Ausschnitte, die er für seine Dokumentation benötigt, bearbeitet sind, persönlich im Polizeipräsidium Darmstadt abzuliefern. Der Unternehmer will den Mann, der ihn gestoßen haben soll, bereits auf dem Filmmaterial entdeckt haben. Er sei mittelgroß und blond, entspreche dem Typus »Vertreter«.

Karl Leimnitz sprang knallrot vor Zorn auf, knüllte die Zeitung zusammen und warf sie quer durch den Raum.

»Verdammte Scheiße!«, brüllte er außer sich vor Wut, »der Typ muss mich tatsächlich gesehen haben. Aber woher zum Teufel nimmt er die Verbindung zu Darmstadt?«

Hektisch sprang er auf und holte die Zeitung zurück. Danach las er den Artikel immer und immer wieder durch, bis er sicher war, dass er unverzüglich handeln musste, wenn er anonym bleiben wollte. Er musste noch an diesem Abend ein Auto stehlen, ganz früh am nächsten Morgen nach Freinsheim fahren und sich dort auf die Lauer legen.

Irgendwann würde Hans Vollstadt nach Darmstadt aufbrechen. Genau dann konnte, ja musste er da sein und sein Werk vollenden.

Dazu durfte er nichts mehr trinken. Er müsste sich eigentlich duschen und rasieren; aber wozu dieser Aufwand? Zudem könnte ein verändertes Aussehen nützlich sein, falls es Zeugen gab. Nur nüchtern musste er auf jeden Fall werden. Deshalb legte er sich sofort schlafen und stand erst spät in der Nacht wieder auf. Er fühlte sich prächtig, nüchtern und ausgeschlafen.

Es war drei Uhr, als er die alte russische Armeepistole aus ihrer Schatulle nahm. Er hatte die Waffe kurz nach der Wende, als die Zeiten für ihn noch besser waren, auf einem Schwarzmarkt in Berlin erstanden.

»So folgt doch alles der Vorsehung«, murmelte er, während er sie lud und einsteckte. »Heute gilt's, Karl.« Laut ging er seinen Plan durch. »Zwei saubere, gut gezielte Schüsse, einer in Vollstadts Kopf, einer in den Tank seines Autos, nur so kann ich mein Inkognito wahren. Ich muss alle Hinweise auf meine Person verwischen, mehr kann ich nicht tun. Aber dazu dürfen weder dieser Kerl noch der Film in Darmstadt ankommen.«

Er steckte noch das Werkzeug ein, das er zum Knacken eines Wagens benötigte, und verließ die Bruchbude, die einmal sein ganzer Stolz gewesen war. Er fuhr mit seinem uralten Klappfahrrad nach Königstein, um dort auf dem großen Parkplatz in der Stadtmitte einen alten, aber schnellen Wagen ohne Wegfahrsperre zu stehlen.

Auch Peter und Stefan standen an diesem Morgen sehr früh auf. Verena schlief noch selig, als die beiden vorm

Morgengrauen in der Küche beisammensaßen und noch einmal den möglichen Verlauf des Tages durchsprachen.

»Ich denke nicht«, sagte Peter, »dass es auf der Autobahn passiert, wie Beierlein meint. Er wird nicht das Risiko eingehen, eine Massenkarambolage zu verursachen, in der er womöglich noch selbst stecken bleibt. Ich glaube vielmehr, er wird kurz nach dem Start, noch auf der Landstraße zuschlagen. Er wird Vollstadt in einem unbeobachteten Moment von der Straße abdrängen, anhalten und so tun, als ob er Erste Hilfe leistet. Dabei wird er sein Werk vollenden und ganz nebenbei noch den Film verschwinden lassen wollen.«

»Klingt plausibel. Aber wenn noch ein zweiter Wagen anhält?«

»Das glaube ich nicht; er muss nur schnell zur Stelle sein. Du kennst doch die deutsche Mentalität. Wenn schon einer hilft, dann denkt jeder Zweite: Nichts wie weiter, ich hab ohnehin keine Zeit.«

»Da ist was dran. Aber was ist, wenn er keinen Führerschein besitzt? Wenn er etwas ganz anderes plant?«

»Wir werden Vollstadts Auto während der Fahrt nicht aus den Augen lassen. Außerdem habe ich gestern Abend noch mal mit Beierlein telefoniert. Die Kripo aus Neustadt wird ebenfalls an allen Kreuzungen und Abzweigungen bis zur Autobahn stehen, und ein Wagen wird uns bis zur Landesgrenze eskortieren. Wenn er von irgendwo aus dem Hinterhalt auf den fahrenden Wagen schießt, was ich außer bei einem Scharfschützen für fast aussichtslos halte, ist immer jemand in der Nähe, um die Verfolgung aufzunehmen. Außerdem kommt er so nur schlecht an den Film. Wenn er aber erst in der Nähe des Präsidiums zuschlägt, ist sein Risiko unendlich hoch, erwischt zu werden. Ach ja, die meisten Polizisten, die an dieser Aktion teilnehmen, wissen nicht, dass wir Zivilisten sind. Sie halten uns für Beamte aus Hofheim, und das soll wenn möglich auch so bleiben.«

»Und was machen wir, wenn er einen Stein von einer Autobahnbrücke wirft?«

»Diese Möglichkeit besteht zwar, aber ich glaube nicht daran. Die Trefferquote ist zwar besser als bei einem Schuss auf den fahrenden Wagen, dafür hat er garantiert keinen zweiten Versuch. Zudem sind selbst bei einem Treffer die Chancen, unbemerkt an den Film zu kommen … Ha, ha, wenn er wüsste, dass der gar nicht existiert. – Nein, ich glaube, dass das Auto seine Waffe sein wird.«

»Warum?«

»Nun, wir sind uns einig, dass der Täter einen deutlichen sozialen Abstieg hinter sich hat. Ich könnte mir vorstellen, dass er in seinem früheren Leben tatsächlich Vertreter war. Deshalb glaube ich auch, dass er sein damaliges Handwerkszeug, das Auto, als Waffe einsetzt. Damit weiß er am besten umzugehen. Aber es stimmt, wir dürfen die anderen Aspekte nicht außer Acht lassen.«

»Meinst du, dass er vor dem Haus wartet?«

»Zumindest wird er die Hofeinfahrt einsehen können.«

»Warum glaubst du, dass er nicht außerhalb des Ortes auf der Lauer liegt?«

»Weil er nicht weiß, ob Vollstadt den kürzesten oder den schnellsten Weg wählt.«

»Stimmt. Wie ist noch mal meine Position?«

»Du stößt am Autobahnkreuz Frankenthal zu uns, falls sich bis dahin nichts getan hat. Sollte es vorher losgehen und der Mann fliehen können, kommst du uns auf der Straße entgegen, die ich dir per Handy nenne.«

»Hoffentlich geht alles gut.«

»Das hoffe ich auch. Ich denke aber, wir haben alle Eventualitäten bedacht. So, jetzt ist es gleich fünf Uhr, wir müssen losfahren, um unsere Plätze bei der spektakulärsten Aktion, seit wir Detektive sind, einzunehmen.«

»Es wird schon schiefgehen.«

»Hoffentlich nicht«, sagte Peter lachend, dann gingen sie hinaus zu ihren Autos.

Inzwischen war es sieben geworden, und alle Beteiligten hatten ihre Positionen eingenommen. Peter hatte seinen Wagen zwei Straßen von Hans Vollstadts Anwesen entfernt abgestellt und ging unauffällig mit einer Arbeitstasche bewaffnet durch die Straße. Er beobachtete sorgfältig alle Personen und Autos am Straßenrand, konnte aber niemanden entdecken, der Jörg Altmanns Zeichnung auch nur entfernt ähnlich sah. Deshalb ging er auf einem anderen Weg zu seinem Auto zurück, setzte sich hinein und rief Hauptkommissar Beierlein an.

»Herr Kommissar, ich hab niemanden finden können, auf den die Beschreibung auch nur andeutungsweise passt.«

»Okay, dann geht's jetzt los. In dreißig Sekunden kommt mein Kollege aus dem Tor.«

»Alles klar«, sagte Peter und rollte an.

Ihr Plan klappte hervorragend, denn direkt vor ihm rollte der schwere Mercedes des Unternehmers auf die Straße. Während Peter hinterherfuhr, warf er noch einmal einen scharfen Blick auf die am Rand abgestellten Wagen. Leider fiel ihm der ältere, olivgrüne Opel Omega nicht als verdächtiges Fahrzeug auf, der gerade am Straßenrand versuchte, sich aus seiner engen Parklücke zu befreien. Der alternde Hippie am Steuer sah aus wie ein 68er-Übrigbleibsel, wie man sie immer noch recht häufig antraf.

Alles blieb ruhig, während sie über Dackenheim und

Kirchheim zur Anschlussstelle Grünstadt fuhren. Selbst als Kommissar Beierlein sich auf der Autobahn hinter dem Mercedes einreihte und Peter etwas zurückfiel, blieb die Lage ruhig, verdächtig ruhig.

War seine Vermutung, dass der Anschlag mit einem Auto durchgeführt würde, am Ende doch falsch?, fragte er sich, als am Kreuz Frankenthal Stefan zu ihnen stieß. Dieser setzte sich mit seinem alten Opel Astra Caravan wie verabredet direkt hinter Vollstadts Wagen, während Beierlein sich mit seinem privaten Hyundai davor einordnete. Dass gar nichts geschah, kam ihnen sonderbar vor.

Noch vor der Rheinbrücke zwischen Ludwigshafen-Nord und Mannheim-Sandhofen, wo sie kurz Baden-Württemberger Gebiet streiften, ließen sich die Neustädter Kollegen zurückfallen und klinkten sich aus der Eskorte aus, während die anderen bis zur hessischen Landesgrenze erneut ihre Position wechselten. Nun fuhr wieder der Kommissar hinter Vollstadts Limousine her, während sich Peter bewusst im Hintergrund hielt. Er traute dem Frieden nicht und beobachtete die Fahrbahnen um sich herum aufmerksam.

Sie waren ungefähr einen Kilometer vor der Ausfahrt Lorsch und mit rund hundertsechzig Stundenkilometern unterwegs, als Peter den Althippie plötzlich wiedersah. Der Opel Omega setzte zum Überholen an und zog vorbei. Irgendetwas daran gefiel Peter nicht, obwohl er im ersten Moment nicht sagen konnte, was es war. Dann wurde es ihm schlagartig klar. Der Wagen hatte das Kennzeichen HG, was hieß, dass er in Königstein angemeldet sein konnte. Außerdem prangten auf dem Kofferraumdeckel jede Menge Aufkleber mit grünen Parolen, und ganz in der Mitte klebte einer, der für Tempo 100 auf Autobahnen warb. Das passte gar nicht, oder besser gesagt: nur zu gut zum Fahrstil des Mannes.

Noch bevor Peter mit dem Handy die ihm Voranfahrenden informieren konnte, hatten sie die Baustelle erreicht. Während alle anderen Wagen ihre Geschwindigkeit reduzierten, wurde der Omega immer schneller, bis er auf gleicher Höhe mit Vollstadts Mercedes war. Dann ging das rechte Seitenfenster des Omega auf und – der Wagen zog plötzlich, gut dreihundert Meter vor der Ausfahrt, scharf nach rechts hinüber. Er rammte den Mercedes und katapultierte den schweren Wagen mit dem Polizisten am Steuer im hohen Bogen in einen Bauwagen hinein. Dann überschlugen sich die Ereignisse.

Leimnitz, der *Vertreter,* der als Hippie verkleidet am Steuer des Omega saß, hatte sich die Stelle für seinen Angriff gut ausgesucht. Hier auf der dicht befahrenen Autobahn, mitten in dem Baustellenabschnitt sowie unmittelbar vor den Betonpfosten der Autobahnbrücke konnte er seinen Plan gut zum Abschluss bringen und verschwinden, bevor irgendjemand begriff, was los war.

Deshalb beschleunigte er etwa einen Kilometer vor der Baustelle das Tempo, überholte die kleine A-Klasse, die ihm irgendwie bekannt vorkam, und schob sich immer dichter an Vollstadts Mercedes heran. Warum fuhr dieser Hyundai so dicht hinter Vollstadt her? Nun ja, er konnte nun, da es um seinen Hals und, was noch wichtiger war, um seine Mission ging, keine Rücksicht mehr auf Unbeteiligte nehmen.

Er fuhr parallel zu Vollstadts Wagen, kurbelte die Seitenscheibe herunter und wollte gerade die Pistole vom Beifahrersitz nehmen, da erstarrte er. Am Mercedes, der dunkel getönte Seitenscheiben hatte, war das linke vordere Seitenfenster heruntergelassen. Der Mann am Steuer, der seinen Arm lässig in der Fensteröffnung liegen hatte, hatte zwar eine verblüffende Ähnlichkeit mit Vollstadt, aber es war definitiv ein anderer. Das konnte nur eines bedeuten: Es war eine Falle. Blitzschnell erfasste Karl Leimnitz die Situation – sie hatten ihn schon seit Längerem im Visier. Für die geplanten gut gezielten zwei Schüsse blieb keine Zeit mehr, da er vermutlich mehr als einen Verfolger abschütteln musste. Deshalb riss er das Steuer blitzschnell herum und knallte dem Mercedes voll in die Seite. Dem vollkommen überraschten Mann am Steuer blieb keine Zeit mehr zum Reagieren, und gleich darauf wurde der Wagen nach rechts von der Fahrbahn katapultiert. Innerhalb von Sekundenbruchteilen verschwand er in der Front eines Bauwagens.

Dann trat Karl Leimnitz heftig auf die Bremse, und die Anhängerkupplung des Omega bohrte sich mit einem hässlichen Knirschen in den Kühler des Hyundai. Da sie auf der Rückseite wieder austrat und noch einiges andere im Motorraum des Koreaners zerstörte, verlor dieser schnell an Fahrt. Damit zwang er den Fahrer des blauen Opel Astra Caravan zu einem heftigen Ausweichmanöver, das es ihm unmöglich machte, die Ausfahrt noch zu bekommen.

Aber Karl Leimnitz, der immer ein guter Fahrer gewesen war, schaffte es gerade noch, seinen Wagen von der Autobahn auf die vierspurig ausgebaute Bundesstraße in Richtung Bensheim zu dirigieren. Mit quietschenden Reifen und völlig überhöhter Geschwindigkeit verließ er die Autobahn.

Er lachte heftig und ein klein wenig irre auf, dann sagte

er laut: »Wenn ihr es mit mir aufnehmen wollt, müsst ihr schon früher aufstehen.«

Er sah in den Rückspiegel, da entdeckte er ihn. Nur hundertfünfzig Meter hinter ihm fuhr der kleine A-Klasse-Mercedes, den er gerade erst überholt hatte.

»Aha, du bist auch einer von diesen Arschlöchern, ich dachte, ich hätte euch alle abgehängt«, knurrte er und beschleunigte die Limousine weiter, bis vor ihm die Ampel der Kreuzung am Ortseingang von Bensheim auftauchte.

Sie stand passenderweise auf Grün. Karl Leimnitz passierte das Ortsschild in einer Geschwindigkeit, die unverzüglich zum Führerscheinentzug gereicht hätte, hätte er denn noch einen besessen. Aber der war ja schon seit Jahren weg; Alkohol am Steuer. Kurz darauf entdeckte er eine Lücke im Gegenverkehr, wendete trotz durchgezogener Mittellinie, beschleunigte heftig und konnte gerade noch bei Gelb zurück über die Kreuzung schlüpfen. Peter, der die Wende ebenfalls mitgemacht hatte, wurde vom Rotlicht gnadenlos ausgebremst.

Stefan konnte dem heftigen Crash vor sich gerade noch ausweichen, aber dadurch erreichte er die Ausfahrt nicht mehr. Er fuhr weiter und hoffte, dass bald eine weitere käme, damit er wenden konnte. Aber zuvor nahm er sein Handy und rief Beierlein an.

»Ist bei Ihnen jemand zu Schaden gekommen??«

»Ein Bauarbeiter wurde von einem umherfliegenden Holzteil am Kopf getroffen, aber es scheint zum Glück nicht allzu schlimm zu sein. Auch der Beamte am Steuer von Vollstadts Wagen ist nur leicht verletzt, aber mein Auto ist Schrott. Soeben kommt ein Wagen, um mich aufzunehmen, dann folgen wir den beiden. Herr Stettner hat es ja geschafft, dranzubleiben.«

»Ja, ich werde gleich mit ihm telefonieren«, sagte Stefan und hatte seinen Freund wenige Augenblicke später am Apparat.

»Peter, wo bist du gerade?«

»Am Stadtrand von Bensheim, der Typ hat mich kunstgerecht abgehängt.«

»Gibt's das?«

»Ja, er hat verbotswidrig gewendet, ich konnte gerade noch hinter ihm her, dann ist er aber bei Gelb über eine Kreuzung gefahren, und ich musste leider halten. Wenn ich nur wüsste, was der Kerl vorhat.«

»Er wird auf dem schnellsten Weg das Auto und seine Verkleidung loswerden wollen, damit er, so schnell es geht, wieder in seine Alltagsrolle zurückschlüpfen kann.«

»Du hast die Verkleidung bemerkt?«

»Ja, war nicht mal schlecht gemacht.«

»Stimmt. Außerdem glaube ich, dass du recht hast. Dann weiß ich jetzt auch, wie wir weiter vorgehen. Du fährst auf der A 67 bis zum Darmstädter Kreuz und von dort aus ganz normal in Richtung Heimat. Ich werde über die A 5 in diese Richtung fahren und mit Beierlein Kontakt aufnehmen. Sobald ich weiß, wo der Typ steckt, melde ich mich wieder.«

11.

Peter wartete ungeduldig darauf, dass es grün wurde, aber wie immer kamen erst alle anderen an die Reihe. Endlich war es so weit. Er fuhr los und zweigte nach wenigen Metern auf die A 5 ab. Glücklicherweise hatte er gesehen, dass auch der Mörder hier aufgefahren war. Doch wie er es erwartet hatte, war der grüne Opel erst einmal verschwunden. Kein Wunder, schließlich wusste der Mann, dass er verfolgt wurde. Er würde verständlicherweise alles aus dem Wagen herausholen. Peters Chance bestand eigentlich nur darin, dass der Verkehr wie so oft in Richtung Darmstadt dichter wurde und der Mann langsamer fahren musste.

Peter jagte seinen kleinen Diesel mit nahezu hundertachtzig Stundenkilometern über die Autobahn und hoffte, den Omega irgendwann auftauchen zu sehen, aber der tat ihm den Gefallen nicht. In den nächsten Minuten flogen die Anschlussstellen Zwingenberg, Seeheim-Jugenheim und Pfungstadt nur so an Peter vorbei, denn die Autobahn war frei wie lange nicht mehr.

In diesem Augenblick klingelte Peters Handy, und ein Blick aufs Display zeigte ihm, dass es Beierlein war.

»Hallo, Herr Stettner, wie sieht's aus? Soll ich meinen Freund mit dem Helikopter anfordern, oder sind Sie dran?«

»Es sieht nicht gut aus, wir bräuchten schon eine ganze

Hubschrauberstaffel, denn ich hab ihn verloren. Wenn er nicht, wie ich vermute, in Richtung Taunus unterwegs ist, kann er die Autobahn an jeder beliebigen Ausfahrt verlassen haben. Dann hilft sowieso nur noch eine bundesweite Fahndung.«

»Das wird schwierig, denn ich komme in Erklärungsnot. Auch wenn meine Vorgesetzten teilweise eingeweiht sind, hat das, was wir hier machen, nur wenig mit dem zu tun, was ich habe absegnen lassen. Spätestens wenn ich die Beteiligung mehrerer Zivilisten sowie eines privaten Hubschraubers erklären müsste, würde es brenzlig. Das könnte mich meinen Kopf kosten. Nur gut, dass der Typ wenigstens gewartet hat, bis wir in meinem Revier waren.«

»Sehen Sie, so schnell kann das gehen. Ich spreche da aus Erfahrung.«

Wenige Minuten später kam Peter ans Darmstädter Kreuz, und der Verkehr wurde dichter.

Wenn der Mörder noch auf der Autobahn ist, wird er hier auch ausgebremst, ich schleich mich mal ran, dachte Peter und konzentrierte sich auf die Wagen vor ihm. Nicht ganz vorschriftsmäßig sprang er von Lücke zu Lücke und hatte noch vor Weiterstadt den ganzen Stau von hinten aufgerollt. Plötzlich sah er ihn. Nur wenige Autos vor ihm fuhr der Omega mit dem Kennzeichen des Hochtaunuskreises und dem Hippie am Steuer. Der Mann hatte ihn noch nicht bemerkt, und das sollte, wenn möglich, noch eine ganze Weile so bleiben. Deshalb hielt Peter sich hinter einem Lieferwagen versteckt, rief zuerst Stefan und dann Beierlein an.

»Ich hab ihn wieder; und wir fahren mit rund hundertzwanzig Stundenkilometern auf die Raststätte Gräfenhausen zu. Noch hat er mich nicht entdeckt. Halten Sie den

Hubschrauber in Bereitschaft. Falls der Mann mir noch mal entwischt, muss er ihn wieder aufspüren.«

»Der Heli ist schon in der Luft.«

»Er soll sich erst mal zurückhalten, damit unser Mann nicht Lunte riecht.«

»Meinen Sie wirklich, er fährt in den Taunus?«

»Ich bin mir völlig sicher, dass er Königstein oder eine der umliegenden Gemeinden ansteuert.«

»Wo ist Herr Weimershaus im Moment?«

»Etwa fünf Kilometer hinter mir.«

»Wir kommen auch gleich ans Darmstädter Kreuz.«

»Okay, ich muss Schluss machen, denn er gibt wieder Gas. Ich hoffe, er hat mich noch nicht entdeckt.«

Hatte er aber. Karl Leimnitz war Peters anthrazitfarbener Wagen schon einige Minuten zuvor aufgefallen. Aber erst seit er das MTK-Kennzeichen wiedererkannt hatte, war ihm klar, dass bei diesem Gegner all seine Fahr- und Manövrierkünste gefragt waren.

Der Fahrer dieses Wagens würde sich nicht so leicht abschütteln lassen wie die drei Fahrer bei Bensheim, wo er zwei Wagen kunstgerecht zerlegt und den dritten an der Anschlussstelle vorbeigezwungen hatte. Deshalb steigerte er seine Geschwindigkeit nahezu unmerklich, bis er bei hundertvierzig angekommen war. Dabei behielt er den kleinen Mercedes durch den Rückspiegel immer im Auge und wartete geduldig darauf, dass sich eine Gelegenheit zur Flucht bot.

Wenige Minuten später war es so weit. Der Wagen seines Verfolgers war hinter drei Autos blockiert, die nahezu parallel auf den drei linken Spuren der hier vierspurigen Autobahn unterwegs waren, da schaltete er in den vierten

Gang zurück und trat das Gaspedal des Omega voll durch. Der schwere Wagen mit dem kräftigen 2,6-Liter-Motor schoss geradezu nach vorn und brachte innerhalb weniger Sekunden gut und gern dreihundert Meter zwischen sich und seinen Verfolger.

»Ha, ha, um mich zu kriegen, musst du schon etwas früher aufstehen«, murmelte er grinsend und genoss es, das Auto seines Verfolgers im Rückspiegel immer kleiner werden zu sehen.

Er war sich so sicher, dass sein kleiner Trick die gewünschte Wirkung nicht verfehlen würde, dass er den Hubschrauber, der in einiger Entfernung und ziemlich großer Höhe die Autobahn überquerte, nicht beachtete.

Peter Stettner verlangte seinem kleinen Diesel wirklich alles ab, aber er hatte keine Chance. Der Fahrer des Omega brachte zunehmend Distanz zwischen die beiden Autos. Schließlich drohte der Wagen sogar als kleiner Punkt am Horizont zu verschwinden.

Peter dachte gerade: Mist, ich verliere ihn ja schon wieder, da meldete sich sein Handy erneut.

Wieder war es Beierlein: »Wir haben ihn gefunden, er fährt gerade auf die B 43. Ich vermute, dass er tatsächlich nach Königstein will, deshalb habe ich die Bad Homburger Kollegen benachrichtigt. Sie kennen aber, genau wie meine Vorgesetzten, nur die offizielle, abgespeckte Version.«

»Wird Neustadt stillhalten?«

»Ganz bestimmt, denn Kommissar Tacht ist mir noch einen Gefallen schuldig. Außerdem glaubte er, ich renne einem Hirngespinst nach und er käme billig davon, deshalb hat er die Eskorte auf eigene Faust zusammengestellt. Er muss also stillhalten. Herr Stettner, denken Sie bitte daran, dass ich meinen Vorgesetzten zwar vage davon berichtet habe, einen flüchtigen Verbrecher eine Falle stellen zu wollen. Aber ich habe natürlich nicht erwähnt, dass dabei Zivilisten und der Hubschrauber einer privaten Tierschutzorganisation mitmischen.«

»Okay, auf mich können Sie sich verlassen«, sagte Peter und dachte: Beierlein, du machst dich.

Da Peter den Helikopter in der Luft wusste, trat er das Gaspedal bis zum Anschlag durch und fuhr auf dem schnellsten Weg in Richtung Königstein.

Er hatte das Taunusstädtchen schon fast erreicht, da meldete sich Beierlein erneut und teilte ihm mit, dass der Omega gerade den Königsteiner Kreisel passierte.

Außerdem teilte er ihm die Position seines eigenen und die von Stefans Wagen mit, die beide nur noch wenige Kilometer hinter Peter waren. »Herr Stettner, wir lassen ab jetzt die Handyverbindung bestehen, dann kann ich Ihnen sofort durchgeben, wenn der Mörder seine Fahrtrichtung ändert.«

»Okay«, sagte Peter und fuhr die Gefällstrecke vom Ortseingang zum großen Königsteiner Kreisel hinunter.

Er hatte den Kreisverkehr noch nicht ganz erreicht, da meldete sich Beierlein erneut: »Der Mann fährt jetzt in Richtung Schmitten-Niederreifenberg.«

Peter hatte verstanden. Viel weiter würde der Flüchtende nicht mehr fahren. Der Showdown stand kurz bevor. Sollte er besser auf Stefan und den Kommissar warten?

Zwei Minuten später stellte sich diese Frage nicht mehr.

»Der Wagen hält vor einem verfallenen Haus am Ortsausgang von Niederreifenberg, der Mann steigt aus und geht hinein«, krächzte Beierleins aufgeregte Stimme aus Peters Handy. »Bleiben Sie um Gottes willen draußen, gehen Sie nicht allein rein. Beobachten Sie das Gebäude nur, wir sind gleich da.«

»Esel«, grollte Peter, nachdem er aufgelegt hatte, »natürlich gehe ich rein. Am Ende setzt sich der Kerl über den Hinterausgang ab.«

Inzwischen war Peter in Niederreifenberg angekommen und fand das heruntergekommene Haus ohne Probleme. Er stellte seinen Wagen in einiger Entfernung ab und schlich sich seitlich an das Haus heran, das hinter einigen ungepflegten Obstbäumen versteckt in einem völlig verwilderten Garten lag.

Während er über den an einigen Stellen durchgefaulten Jägerzaun stieg, dachte er: Mist, ich habe keine Waffe dabei.

Dann war er an der Haustür angekommen. Vorsichtig drückte er die Klinke herunter und stellte fest, dass abgeschlossen war. Kurzerhand zog er einen Satz Dietriche, die er immer bei sich trug, aus der Hosentasche und überredete das einfache Schloss dazu, aufzuspringen. Ein düsterer, verdreckter und eingestaubter Flur, von dem vier Türen abgingen und an dessen Ende eine ungepflegte Holztreppe nach oben führte, lag vor ihm. Ein ekelhafter Dunst aus abgestandener Luft und Alkohol hing im Flur und machte das Atmen schwer. Peter ließ sich davon aber nicht beeindrucken und öffnete vorsichtig die erste Tür. Wenn er gedacht hatte, der Gestank des Flures sei nicht zu überbieten, dann wurde er jetzt eines Besseren belehrt. Denn er blickte in ein Badezimmer, in dem es nicht nur entsetzlich stank, sondern das schon einige Jahre keine Reinigung mehr erfahren hatte. So zierten benutztes Toilettenpapier und Reste von Exkrementen den Fliesenboden, der irgendwann einmal blau gewesen war.

Angewidert wandte Peter sich ab, schlich weiter und öffnete die nächste Tür. Er reagierte blitzschnell, aber keine Sekunde zu spät. Instinktiv riss er den Kopf zur Seite, und im nächsten Moment sauste ein Messer aus dem Halbdunkel des Zimmers haarscharf an seinem Kopf vorbei. Es blieb zitternd im Türrahmen stecken. Peter machte einen schnellen Schritt auf den Mann zu und wollte ihm einen Faustschlag versetzen, als er die Waffe in dessen Hand sah und sich erneut zur Seite werfen musste. Er kam dabei ins Straucheln, stürzte und verspürte im gleichen Moment einen brennenden Schmerz am Oberarm. Für einen Augenblick schoss ihm die Frage durch den Kopf, wo die Kugel wohl eingeschlagen wäre, wenn er auf dem glitschigen Boden besseren Halt gefunden hätte.

Länger hatte er auch gar keine Zeit, darüber nachzudenken, denn kaum lag er auf dem staubigen Dielenboden, da war Karl Leimnitz auch schon über ihm und zielte auf ihn.

»So, das war's, du Schnüffler«, sagte er und wollte gerade abdrücken, als Stefan hereinkam.

Er erfasste sofort die Situation, drehte sich einmal um die eigene Achse und trat dem Verbrecher die Waffe aus der Hand. Sie fiel zu Boden und rutschte unerreichbar unter einen Schrank. Dann stürzte sich Stefan auf den völlig verblüfften Karl Leimnitz und setzte ihn, bevor er überhaupt reagieren konnte, mit einem perfekt platzierten Handkantenschlag außer Gefecht. Dao Tae Wung sei Dank. Noch während Leimnitz zu Boden ging, sah er ganz verwundert zu Stefan auf.

In diesem Augenblick trafen auch Hauptkommissar Beierlein und kurz darauf die Beamten aus Bad Homburg und ein Krankenwagen ein. Die Polizisten trugen den noch immer bewusstlosen, aber inzwischen gefesselten Karl Leimnitz hinaus, wo er langsam wieder zu sich kam. Peter ging zum Krankenwagen hinüber, um sich den Streifschuss am Arm verbinden zu lassen, der aber vor allem sein neues Hemd zerstört hatte.

Unterdessen hatte Karl Leimnitz das volle Bewusstsein wiedererlangt und musste angesichts der massiven Hand- und Fußfesseln schnell einsehen, dass seine Mission an diesem Tag ihr Ende gefunden hatte. Er ergab sich in sein Schicksal.

Am nächsten Morgen waren Stefan, Verena und Peter pünktlich vor dem Gerichtssaal, da Stefan und Peter noch als Zeugen gehört werden sollten. Zuerst kam Peter dran, dann Stefan und zum Schluss Kommissar Beierlein. Er bestätigte, dass er mit den Detektiven im Zuge der Ermittlungen schon öfter gesprochen hatte, da sie im Auftrag von Annika Fahrwaldt und deren Anwalt arbeiteten. Sie hatten ihn erst auf Karl Leimnitz gebracht und waren bei ihrer Arbeit zum gleichen Ergebnis gekommen wie er. Karl Leimnitz war eindeutig der Mörder von Alfred Fahrwaldt.

Dann wurde Leimnitz hereingerufen und mit ihm, der nun, von den Handschellen abgesehen, wieder wie ein korrekt gekleideter Vertreter aussah, betraten zwei Justizbeamte den Saal. Er nahm auf dem Zeugenstuhl Platz und sah den Richter, Dr. Fröhlich, erwartungsvoll an.

»Nehmen Sie dem Herrn doch die Handschellen ab, dann kann ich mich besser mit ihm unterhalten«, bat Dr. Fröhlich.

Die Beamten taten, worum der Richter sie gebeten hatte, blieben nun aber noch dichter bei dem Täter stehen.

Leimnitz gab seine Personalien an, der Richter belehrte

ihn über seine Rechte und sagte dann ruhig: »Na dann legen Sie mal los.«

»Von Anfang an?«

»Wenn Sie nicht bis Adam und Eva zurückgehen, ja«, meinte Dr. Fröhlich, und als auf den Zuschauerbänken laut gekichert wurde, fügte er scharf hinzu: »Ruhe im Gerichtssaal! Störer werden von mir unverzüglich des Saales verwiesen. Ich sage es nur einmal, das war die erste und letzte Warnung!«

»Also«, begann Leimnitz stockend, »es war 1990 und unsere Tochter war gerade geboren, als meine Frau schwer erkrankte. Damals hatte ich einen sehr guten Job als Vertreter in einem mittelständischen Unternehmen der Textilbranche. Ich war gerade dabei, einen Kredit über hundertfünfzigtausend Mark aufzunehmen, um meine Frau in den USA behandeln zu lassen, da wurde bekannt, dass die Produktion nach Fernost verlagert würde. Ich bekam die Kündigung, da auch der Vertrieb neu strukturiert werden sollte, und die Bank stoppte den Kredit sofort. Meine Frau wurde innerhalb von zwei Jahren zum Pflege- und die ganze Familie zum Sozialfall.«

»Gehört das alles zu Ihrer Aussage?«, fragte die Staatsanwältin Frau Zett, der das alles schon zu lange dauerte.

»Ja, ich muss doch erklären, wie ich zu meiner Mission berufen wurde.«

»So, so, berufen«, sagte der Richter provokant, und Barbara Zett horchte auf, denn Karl fuhr immer lauter werdend fort: »Ja, berufen. Schließlich habe ich der Menschheit in göttlichem Auftrag ein Krebsgeschwür aus dem Leib geschnitten. Da hinten sitzen welche, die gehörten aus dem Verkehr gezogen. Denn sie haben mich daran gehindert, meine Mission zu Ende zu bringen.«

»Was ist denn nun Ihre Mission?«, fragte der Richter, der ganz allmählich auch ungeduldig wurde.

»Da Sie mich in Zukunft daran hindern werden, muss nun ein anderer meine Arbeit fortsetzen, die Welt von skrupellosen Unternehmern zu befreien, die ihre Unternehmen ohne Rücksicht auf die Mitarbeiter veräußern oder schließen und damit fünf, fünfzig oder auch fünfhundert Leute ins Unglück stürzen.«

»Was heißt denn befreit?«, fragte die Staatsanwältin, und der Richter belehrte Leimnitz noch einmal, dass er nichts sagen müsse, wenn er sich damit belasten würde, aber der Mörder tat das mit einer lässigen Handbewegung ab und fragte höhnisch: »Was wird das schon heißen?«

»Haben Sie Alfred Fahrwaldt ermordet?«

»Aber klar, was meinten denn Sie?«

»Und wie kamen Sie an das Tatwerkzeug?«

»Den Hammer? Den habe ich bei Fahrwaldt aus dem Auto genommen.«

»Wie ging denn das?«

»Ich habe ihn schon einige Tage vorher beobachtet und gemerkt, dass er immer erst zu-, dann auf- und dann wieder zuschließt. Danach hat er den Kofferraum extra kontrolliert. Da war mir klar, dass etwas mit der Zentralverriegelung nicht stimmt. Ich musste nur warten, bis er es einmal vergaß. Eigentlich wollte ich ihn mit seinem eigenen Radmutternschlüssel erschlagen, aber dass ich in einer Wolldecke eingeschlagen einen Hammer fand, war ein Wink des Schicksals.«

»Und warum ermordeten Sie ihn?«

»Das habe ich doch gerade erklärt. Gott hat mir als Entschädigung für mein Schicksal den Auftrag erteilt, diese Elemente aus der Welt zu schaffen.«

»Ihr Schicksal? Erzählen Sie mal.«

»Das will ich ja; in drei Teufels Namen!«, brüllte Karl Leimnitz so unvermittelt, dass auch der Letzte im Saal begriffen hatte, dass dieser Mann kein Aufschneider, sondern tatsächlich völlig durchgeknallt war.

Deshalb nahm der Richter sich zurück und fragte mit einschmeichelnder Stimme: »Wie war das denn nun, als Sie arbeitslos wurden?«

»Meine Frau wurde immer kranker«, sagte Leimnitz nun wieder so ruhig, als ob er auf einem Kaffeekränzchen wäre, »und da sie nun nicht mehr operiert werden konnte, musste ich hilflos mit ansehen, wie sie langsam dahinsiechte. Es war klar, dass sie innerhalb der nächsten Jahre sterben würde. Also nahm ich einen Job als Auslieferungsfahrer an, pflegte sie und betreute unsere Tochter. Aber ich hielt diese Belastung nicht aus, begann zu trinken, und man nahm mir den Führerschein weg. Nun war ich endgültig am Boden. Als dann 1994 die Heizung an unserem Haus kaputtging und ich nicht mal mehr in der Lage war, sie reparieren zu lassen, nahm sich meine Frau das Leben, weil sie der Meinung war, ich sei ohne sie besser dran. Aber ich trank nur noch mehr und konnte nicht einmal mehr die gelegentlichen Hilfsarbeiterjobs machen, mit denen ich unsere Umlagen finanziert hatte. Man stellte uns Strom und Wasser ab. Im darauffolgenden Sommer wurde es meiner kleinen Tochter zu heiß im Zimmer, und da wir kein Wasser für ein kühles Bad hatten, kam sie auf die Idee, das Fenstersims zu erklimmen und das Fenster zu öffnen. Ich lag derweil betrunken in der Ecke und konnte ihr nicht helfen. Deshalb stürzte mein Mädchen aus dem ersten Stock hinunter auf den Weg mit den Waschbetonplatten. Dabei verletzte sie sich so schwer, dass sie acht Wochen in der

Klinik bleiben und dreimal operiert werden musste. Direkt nach der anschließenden Reha nahm das Jugendamt sie mir weg, und ich habe sie bis heute nicht wiedergesehen.«

»Deshalb haben Sie Alfred Fahrwaldt umgebracht?«

»Ja.«

»Aber warum erst so lange nach Ihrem beruflichen und persönlichen Absturz?«

»Meinen Sie, er wäre der Erste gewesen?«

Der Richter schrak zusammen und war fast schon sicher, dass sich alles so ereignet hatte, wie Karl Leimnitz es erzählte; deshalb fragte er: »Wann hat das alles denn angefangen?«

»Ein Jahr, nachdem man mir Marie genommen hatte. Ich habe den Schreinermeister Anton Röder, ich glaube, es war am Abend des fünfzehnten Dezember an der Bahnstation Kelkheim-Hornau, aus dem Hinterhalt mit einer Fußschlinge zu Fall gebracht, sodass er direkt vor den einfahrenden Zug stürzte. Die dummen Polizisten glauben heute noch an einen Unfall, da es an diesem Tag sehr glatt war. Danach folgte jedes Jahr einer.«

Karl Leimnitz zählte sie alle auf. Angefangen mit dem Mord in Bad Soden, wo ein Lkw als Rammbock herhalten musste, bis hin zum Mordversuch am Vortag auf der Autobahn.

»Ich hätte es wissen müssen«, schloss er, »Gott schickt mir jedes Jahr nur einen Sünder, damit ich mich zwischen den Exekutionen erholen kann.«

»So, erholen?«, stöhnte Dr. Fröhlich auf, denn das, was er gehört hatte, übertraf seine schlimmsten Fantasien. Dann sagte er zu den Justizbeamten: »Nehmen Sie ihn mit, ich denke, es ist alles geklärt.«

Peter, Stefan und Verena waren so sehr mit ihren eigenen Gedanken beschäftigt, dass sie von den Plädoyers so gut wie nichts mitbekamen. Peter dachte voller Zuneigung an Annika, Stefan ließ den vergangenen Tag noch einmal Revue passieren, und Verena dachte mit Grausen daran, was den beiden alles hätte passieren können. Erst als das Gericht sich zur Beratung zurückzog, tauchten die drei langsam wieder auf. Sie mussten nicht lange auf das Urteil warten, durch das Annika mit sofortiger Wirkung freigesprochen wurde.

Nun hielt Annika nichts mehr auf ihrem Platz. Sie sprang auf, umarmte überschwänglich ihren Anwalt und lief dann direkt zu Peter hin.

»Peter, oh, Peter, das hast du super gemacht. Du hast mich gerettet, das werde ich dir nie vergessen.«

»Das war nicht ich allein«, wehrte Peter bescheiden ab, »da haben Stefan und Verena auch einen gewaltigen Anteil dran. Und ohne die Mithilfe von Oliver Krause, einem Computerspezialisten, hätten wir es vermutlich gar nicht geschafft.«

»Aber ohne dich und deinen Besuch in der Haftanstalt hätte ich diese Zeit nicht überstanden«, sagte Annika auf dem Weg hinaus in die Vorhalle.

Draußen küsste sie Peter, der gar nicht wusste, wie ihm geschah, überschwänglich auf die Stirn.

Er wurde vor Verlegenheit ganz rot und stotterte: »Do… doch, da du, du unschuldig bist, hä… hätten sie dich nicht verurteilen können.«

»Hast du eine Ahnung, sie hätten. Aber wisst ihr was? Ich mach am Samstag eine *Welcome-Home*-Party für mich selbst. Wollt ihr kommen?«

»Klar doch«, stimmten die drei zu, da trat Dr. Birkenbarth

zu ihnen und sagte: »Gratulation, Herr Stettner, das haben Sie prima hinbekommen. Wenn Sie nicht drangeblieben wären … Soll ich Frau Fahrwaldt nach Hause bringen?«

»Nein, das erledigen wir«, sprang Stefan ein und gab dem Anwalt zum Abschied die Hand.

12.

Am Samstagabend standen Peter, Stefan und Verena pünktlich vor Annikas Haustür. Die drei fühlten sich allerdings nicht mehr so beschwingt und fröhlich wie nach dem Freispruch. Inzwischen rückte der Anlass ihrer Verhaftung wieder in den Vordergrund. Aber auch Annika war die Veränderung, die in ihr vorgegangen war, deutlich anzusehen.

Sie lächelte gequält und sagte: »Tut mir leid, wenn ihr ein rauschendes Fest mit vielen Gästen erwartet habt, aber mir ist nicht nach Feiern zumute. Wenn ich euch nicht so unendlich viel zu verdanken hätte, hätte ich auch euch abgesagt.«

»Wenn es dir dreckig geht, haben wir dafür Verständnis und fahren wieder heim«, sagte Peter, aber Annika wehrte ab: »Nein, ein bisschen Quatschen tut jetzt gut. Ich muss unbedingt aufhören zu grübeln und auf andere Gedanken kommen. Kommt rein.«

Sie setzten sich ins Wohnzimmer, und Annika sagte erneut: »Nur nach Scherzen ist mir nicht zumute. Schließlich habe ich erst vor vier Wochen meinen Mann verloren. Auch Sven, den ich nächste Woche heimhole, weiß noch nicht, dass er seinen Papa nie mehr wiedersieht. Wie um alles in der Welt soll ich ihm das nur erklären?«

»Das ist hart«, sagte Peter und legte den Arm um Annika, die mit den Tränen kämpfte.

Als sie sich beruhigt hatte, fragte er: »Ist er noch immer bei deiner Mutter in Düsseldorf?«

»Ja, aber ich werde am Montag rauffahren und vielleicht bis Mittwoch dort bleiben. Dann bringe ich ihn wieder her, bevor er dort am Ende Freunde findet und der Abschied unnötig schwer wird. Ich werde ihm gleich reinen Wein einschenken, denn bis jetzt glaubt er noch, sein Vater sei schwer verunglückt. Aber er ist ein intelligenter Junge und schon fast neun. Ich hoffe, er versteht es wenigstens halbwegs.«

»Es ist richtig, ihn nicht zu belügen«, sagte Verena, »wenn er von anderen die Wahrheit erfährt, wird er zu Recht böse sein.«

»Musst du eigentlich arbeiten, oder hast du Zeit, dich um deinen Sohn zu kümmern?«, fragte Stefan, nachdem sie einen Schluck getrunken hatten.

»Arbeiten muss ich nicht, dafür hat Al... Alfred schon gesorgt«, sagte Annika und begann, hemmungslos zu weinen.

Es dauerte einige Minuten, bis sie sich wieder beruhigt hatte, doch dann begann sie mit erstaunlich fester Stimme zu erzählen: »Ich werde übrigens die Pläne meines Mannes umsetzen.«

»Die Stiftung?«

»Genau. Ich werde alles so machen, wie er es geplant hat. Ich müsste es nicht, denn es gibt kein Testament und ich bin Alleinerbin, aber er wollte es so, und das reicht mir. Dieses Haus hier wird Stiftungssitz, und ich werde, wie er es vorgesehen hat, mit Sven in eine Eigentumswohnung ziehen. Möglichst zwischen Pallaswiesen- und Landwehrstraße, denn dort in der Nähe gibt es ein Schulzentrum, sodass Sven nicht die Schule wechseln muss, wenn er die Grundschule verlässt. Außerdem wohnt sein bester Freund dort in der Nähe. Die Wohnung, die mein Mann in der Karlstraße gekauft hat, ist sowieso noch vermietet, und ich will das alte Ehepaar nicht rauswerfen. Lediglich die zweitausendfünfhundert Euro, die mein Mann für meinen Unterhalt vorgesehen hat, werde ich wegen der hohen Sozialversicherung auf dreitausendfünfhundert erhöhen, dafür aber in der Stiftung mitarbeiten. Das Sparbuch für Sven, das ihm eine sorgenfreie Ausbildung ermöglichen soll, bedarf dagegen keiner Korrektur.«

»Donnerwetter, du hast Mumm«, sagte Peter, und die anderen beiden nickten anerkennend. Annika, die sich über ihren Planungen etwas beruhigt hatte, erklärte ihnen: »Mein Sohn braucht mich jetzt mehr denn je, da kann ich mich nicht gehen lassen. Aber wenn ich euch ab und zu besuchen dürfte, um mich auszuheulen, würde mir das sehr helfen.«

»Selbstverständlich darfst du das, und wenn du dich einmal zu schlecht fühlst, um nach Kelkheim zu fahren, kommen wir her und trösten dich.«

»Danke, das ist lieb von euch.«

»Nein, selbstverständlich«, sagte Peter und fügte hinzu: »So und nun lass uns mal von etwas anderem reden, sonst kommst du nie zur Ruhe.«

In den folgenden Wochen pendelte es sich so ein, dass in der einen Woche samstags Annika mit ihrem Sohn nach Kelkheim kam und am darauffolgenden Wochenende Peter, mal zusammen mit Stefan und Verena, mal allein, nach Darmstadt fuhr. Zwischen allen vieren entwickelte sich mit der Zeit eine intensive Freundschaft, und auch Sven mochte die Detektive.

Mit Peter verstanden sich Annika und Sven allerdings

besonders gut, was vermutlich auch daran lag, dass er die junge Witwe in keiner Weise bedrängte und sie in Ruhe den Tod ihres Mannes verarbeiten ließ. Stefan und Verena wussten genau, wie intensiv Peters Gefühle für Annika waren, und freuten sich darüber, dass das vertraute Verhältnis der beiden immer enger wurde. Deshalb ließen sie ihn immer öfter allein nach Darmstadt fahren.

So auch an jenem Samstag im November. Peter war gegen sechzehn Uhr aufgebrochen und wurde von den beiden gegen Mitternacht zurückerwartet. Als er um zwei Uhr noch nicht zurück war, begann Verena, sich Sorgen zu machen, und bat Stefan, ihn auf dem Handy anzurufen. Stefan zierte sich zuerst etwas, da er glaubte, den Grund zu kennen, tat Verena aber den Gefallen und hörte nur: »Der gewünschte Teilnehmer ist zurzeit nicht erreichbar …«

Er hörte gar nicht weiter hin, sondern legte auf und sagte: »Peter hat das Handy abgestellt. Ich habe da so eine Vermutung.«

»Du meinst …«

»Ja, genau. Komm, lass uns auch ins Bett gehen.«

Als sie am nächsten Morgen erwachten, war Peter noch immer nicht zurück. Erst als sie schon am Frühstückstisch saßen, hörten sie sein Auto auf den Hof rollen.

Neugierig empfingen sie ihn an der Haustür und fragten: »Na, war's schön?«

Aber Peter antwortete nur: »Der Gentlemen genießt und schweigt.«

In Gedanken fügte er aber hinzu: Jedenfalls dann, wenn es nicht viel zu genießen gab.

Dann ging er in sein Schlafzimmer und dachte, während er sich umzog, an die vergangene Nacht zurück. Er war stolz auf sich, die Situation nicht ausgenutzt zu haben, als sich Annika, die an diesem Abend mehr als üblich getrunken hatte, nach einem Weinkrampf an ihn geschmiegt und ihn zu küssen versucht hatte.

Obwohl es ihm schwergefallen war, hatte Peter gesagt: »Nicht, Annika. Morgen, wenn du wieder nüchtern bist, bereust du es.«

Dann hatte er sie zu Bett gebracht und selbst im Wohnzimmer auf der Couch geschlafen.

ENDE